KB067438

당신은
해마다
무궁화로
피어나시고

당신은 해마다 무궁화로 피어나시고

펴낸날　　초판 1쇄 2019년 9월 10일

지은이　　심금자
펴낸이　　서용순
펴낸곳　　이지출판

출판등록　1997년 9월 10일 제300-2005-156호
주　소　　03131 서울시 종로구 율곡로6길 36 월드오피스텔 903호
대표전화　02-743-7661　**팩스**　02-743-7621
이메일　　easy7661@naver.com
디자인　　박성현
인　쇄　　(주)꽃피는청춘

ⓒ 2019 심금자

값 13,000원

ISBN 979-11-5555-117-2　03810

이 도서의 국립중앙도서관 출판시도서목록(CIP)은 e-CIP홈페이지(http://www.nl.go.kr/ecip)
와 국가자료공동목록시스템(http://www.nl.go.kr/kolisnet)에서 이용하실 수 있습니다.
(CIP제어번호: CIP2019032614)

▶ 심금자 수필집

당신은 해마다
무궁화로
피어나시고

이지출판

책을 내며

나는 60년하고도 5년의 세월을 살면서 일기도 쓰지 않았다. 그만큼 글쓰기와는 먼 삶이었다. 남편이 세상을 뜨면서 "내가 가르쳐 준 운동 하면 혼자서도 잘 살 거야" 했다. 그러나 운동은 공허한 마음까지 채워 주지 못했다.

오랜만에 친구를 만났다. 시인이 되어 있었다. 문학만이 마음을 풍요롭게 해 준다며 시 교실로 데리고 갔다. 시 쓰기는 어려웠다. 좀 더 쉬운 것이 없을까 찾아간 곳이 수필 교실이었다. 하지만 수필 쓰기는 더 어려웠다. 봄이 되면 그만두려고 했다. 그런데 어느 날 선생님께서 이렇게 말씀하셨다.

"글을 잘 쓰고 싶어요? 명수필집을 스무 번은 읽고 써 봐요."

그때 사십 대에 대학 공부를 하던 열정이 꿈틀거렸다. 어딘가에 남아 있을 불씨를 살리고 싶었다. 노트를 사 와 골프채 대신 볼펜을 잡고 쓰고, 쓰고, 또 쓰기를 반복했다. 몇 달이 지났다. 첫 글을 발표할 때의 떨림이란, 첫사랑에게 편지를 보낼 때의 그것과 같았다.

비 한 방울이 메마른 대지를 적시듯 그 떨림이 잠자고 있던 감성을 깨우기 시작했다. 문우들과 어울려 보낸 7년 세월이 울안에서만 살아온 나를 밖으로 끌어냈다.

남편은 입이 무거운 사람이었다. 강물이 흘러서 바다로 가면 그 흔적을 찾을 수 없듯이 우리 삶도 그럴 것이다. 고난을 같이 한 동반자로서 그이 삶을 흘려보내기가 아까웠다. 흔적을 기록으로 남겨야 할 것 같았다. 그래서 우리 추억을 한 움큼씩 종제기에 담았다.

퇴고 중에 예기치 못한 시련이 왔다. 건강에 문제가 생겼으나 다행히 그 위기를 극복했다. 병상에서 일어나 앞산을 보니 봄의 향기로 가득차 있었다. 해마다 오는 봄이

지만 여느 때와는 달랐다. 따스한 햇살을 받으며 글을 엮으니 한 권의 책이 되었다. '잘한 일인지 모르겠다'는 생각이 든다.

50여 년 만에 남편이 산사에서 보낸 편지 몇 통이 나왔다. 인쇄 들어가기 직전에. 까맣게 잊고 살았는데 나를 응원이라도 하듯이 말이다. 그 편지에서 남편의 체취를 느꼈다. 친필을 실으려다 '공작새를 품은 꿈'에 일부만 넣었다.

글쓰기를 포기하려 할 적마다 격려해 주신 손광성 선생님과 아가위 문우들, 어설픈 글의 독자가 되어 준 딸, 아들, 친구들, 그리고 책이 나오도록 힘써 준 이지출판사 사장님께 감사드린다.

먼저 간 남편이 이 책을 봤으면 좋겠다.

2019년 9월

심 금 자

차례

1 _ 공작새를 품은 꿈

2 _ 남편에게 처음 받은 꽃다발

3 _ 꽃무늬 원피스 다시 입다

4 _ 나, 사랑에 빠졌어요

1 _ 공작새를 품은 꿈

당신은 해마다 무궁화로 피어나시고

우리는 광교산 자락으로 이사를 왔다. 오랜 망설임 끝에 내린 결론이었다. 이삿짐을 정리하고 며칠째 되는 날 뻐꾸기 소리가 들렸다. 그 소리에 이끌려 그이와 손을 잡고 오솔길을 걸었다. 산은 야트막하고 나무들이 울창했다. 아름드리 소나무, 상수리나무 외에도 진달래며 키 작은 나무들이 알맞게 어우러진 숲은 우리를 아늑하게 감싸주기에 충분했다.

아파트 조경도 괜찮은 편이었다. 길 양 옆으로 단풍나무가 알맞은 거리를 두고 늘어져 있었다. 철쭉은 소나무와 바위틈에서 붉게 타올랐고, 잘 가꾼 잔디에는 산새들이 날아와 놀다 갔다. 내 눈에는 무엇 하나 부족한 게 없어 보였다.

그런데 남편은 그렇지 않은 모양이었다. 자꾸 주위를 두리번거리며 무엇인가 찾고 있었다. 왜 그러냐고 물으니, 이 넓은 산과 단지에 무궁화가 보이지 않는다는 것이었다.

그런 일이 있고 며칠이 지난 어느 날 오후였다. 그이가 불러서 나가 보았다. 그이 앞에 화분 세 개가 있었다.

"무슨 나무예요?"

"무궁화야."

"우리 베란다에 놓으려고?"

"아니, 사람들이 잘 볼 수 있게 정원에 심으려구."

그이는 허리를 뒤로 젖히면서 흐뭇한 표정을 지었다.

"난 말이여, 나라의 녹을 먹는 동안은 꿈에서라도 나랏일을 생각할 거여."

그렇게 한마디 던지고는 무궁화 한 그루와 삽을 들고 햇빛이 잘 드는 곳으로 갔다. 땅을 파고 있는 그의 뒷모습이 믿음직해 보였다. 또 그렇게 평화롭게 보일 수가 없었다. 나라의 모든 무거운 짐을 한몸에 짊어진 듯 그의 모습이 자랑스러웠다. 문득 '나무를 심는 남자'라는 어느 책 제목이 생각났다. 그건 어떤 말보다 긍정적이고 희망적이었다. 그이의 미래가 환히 트일 것 같은 기대감마저 들었다.

나머지 두 그루는 아파트 현관 옆에 심었다. 좀 응달이지만 사람들이 들며나며 늘 볼 수 있게 하려는 의도에서 그러는 것 같았다. 나는 아무 말도 하지 않았다. 보는 것만으로도 흐뭇했으니까.

양지에 심은 나무는 잘 자랐다. 그러나 현관 옆 응달에 심은 나무는 그만큼 자라지 못했다. 남편은 바람 부는 날은 가지를 묶어 주고, 한약 달인 찌꺼기도 모았다가 그 밑에 뿌려 주었다. 남편의 그런 정성 덕이었을까, 현관 옆에 심은 두 그루에서 나온 줄기와 가지는 가늘지만 무럭무럭 자랐다. 논의 벼들도 주인 발자국 소리를 듣고 자란다는 말이 있듯이 출근할 때 봐주고 퇴근해서 봐주는 그이 정성 때문인지 무궁화는 잘 자랐다. 꽃이 피기를 기다렸다.

그런데 첫 꽃이 피기도 전에 남편에게 뜻하지 않은 불행이 찾아왔다. 암이었다. 나는 있는 힘을 다해 그를 살리려고 노력했다. 결코 절망하지 않았다. 젊은 시절 폐결핵을 앓은 그를 살려 낸 나였으니까.

이번에도 그렇게 할 수 있으리라 자신했다. 그러나 암은 무서운 병이었다. 나의 노력은 허사로 돌아가고 기어이 그는 우리 곁을 떠나고 말았다.

그이가 없는 공간은 너무 추웠다. 그리고 허무했다. 나에겐 보이는 모든 것이 슬픔이었다. 그가 아끼던 책과 옷가지와 신발까지도. 더 이상 견딜 수 없어 결국 나는 집을 내놓았다. 그이 흔적이 없는 곳으로 도망치고 싶었던 것이다.

그러던 여름날 아침이었다. 현관을 나서는데 나의 시선을 끌어당기는 뭔가가 있었다. 정원에 서 있는 무궁화나무였다. 그 가녀린 가지 끝에 무궁화 한 송이가 피어 있는 것이 아닌가! 진분홍 꽃 한 송이. 남편이 좋아하는 색이었다. 나는 가까이 갔다. 눈을 감고 얼굴을 마주했다. 연한 향기가 코끝을 스쳤다. 그때 오긋하게 핀 꽃잎이 나를 향해 말하는 것 같았다.

"여보, 미안해!"

가만히 꽃잎에 내 입술을 갖다 대보았다. 보드랍고 촉촉한 감촉이 언젠가 느꼈던 남편의 입술 같다는 생각이 들었다. 순간, 남편이 내 곁을 아주 떠난 것이 아니었구나

하는 생각이 퍼뜩 지나갔다. 나는 내놨던 집을 다시 거두어들였다. 무궁화를 두고 떠날 수는 없었다.

무궁화는 지금도 매년 여름 석 달 동안 나를 찾아와서 곁을 지키다 간다.

꼴망태나 멜 관상이 아닌데

■
■
■

사십여 년 만에 초등학교 동창회에 다녀온 남편의 얼굴
이 상기되어 있었다. 그날 밤 가슴속에 묻어 두었던 어린
시절과 학창 시절 이야기를 들려주었다.

내 고향 영암은 멀리 월출산이 보이고 가까이는 바다가
보이는 곳이었어.

우리 집은 할아버지와 할머니 그리고 부모님과 작은아
버지 둘에 고모가 셋이었는데, 둘째 작은아버지가 결혼해
서 한 집에 살아 식구가 열 명이 넘었지. 남자들은 농사를
짓거나 고기를 잡고, 여자들은 갯벌에서 게나 조개를 잡아
시집갈 밑천을 장만하기도 했어. 아버지가 이장 선거에서

재산을 날리는 바람에 남은 건 논 몇 마지기와 밭떼기뿐이었지.

할머니가 막내 삼촌을 낳고 넉 달 후에 어머니가 장손인 나를 낳아 우린 쌍둥이처럼 자랐지. 그런데 먹성이 많은 삼촌은 우리 어머니 젖까지 먹고 자라서인지 나보다 덩치도 크고 키도 컸다네.

우린 초등학교에 나란히 입학했어. 그런데 국어책도 한 권, 산수책도 한 권. 다른 과목도 마찬가지, 둘이 같이 보라는 거야. 그런데 책은 삼촌이 독차지하고 나는 아버지가 베껴 준 걸 가지고 다녔지. 그러니 공부에는 흥미가 없을 수밖에.

어머니를 따라 갯벌에 가면 남자는 뻘에 들어오면 안 된다고 해 모래밭에서 게와 놀다가 심심하면 강아지풀을 뜯곤 했지.

방학 때는 먹을 것이 많은 외갓집에서 이종사촌 길남이랑 딱지치기, 팽이돌리기도 하고, 외할아버지가 만들어준 연을 날리며 들판을 누비다가 개학할 때쯤 집에 돌아와 몽당연필과 공책을 찾느라 집 안을 뒤지곤 했어.

아버지는 장남인 내가 철들기를 기다리셨지. 어느 날

저녁을 먹을 때쯤 들어가니 매를 들고 계셨어.

"이놈아, 뭣이 되려고 싸다니냐?"

싸리빗자루가 망가질 때까지 때리셨어. 자식들에게 매한 번 들지 않았던 어머니는 터진 종아리에 된장을 발라 주며 모든 것이 당신 탓인 양 말씀하셨지.

"인자 4학년이 됐으니께 공부 좀 해라잉."

성적이 하루아침에 좋아지지 않듯 가정 형편도 중학교 갈 때까지 나아지지 않았어. 큰집 셋째 아들이 교복을 입고 인사하면 아버지는 중학교를 못 보낸 아들을 생각하셨겠지. 그래서 나를 이웃 마을 서당에 보냈어. 철이 들었는지 천자문을 열심히 외웠어. 명심보감, 소학이 끝나면 어머니는 책거리로 떡을 해 오셨지. 서당에서 배운 공부가 훗날 내 삶의 지표가 될지 그때는 몰랐다네.

서당을 마치니 둘째 작은아버지가 사진 기술을 배우면 밥은 굶지 않는다며 친구가 하는 사진관에 보냈어. 연고가 없는 객지 생활. 잠은 의자에서, 밥은 주인집에서 해결했지만 몇 달이 가도 사진기는 만지지도 못 하게 하고 청소와 잡다한 일만 시키더라고.

그러던 어느 무더운 여름날, 딸랑거리는 소리가 나고

누군가 사진관으로 들어왔어.

"물 좀 주세요."

커튼 사이로 들어온 햇빛이 무대를 비추고 그 가운데 여학생이 서 있었어. 눈이 마주쳤는데 초등학교 여자 동창이더군. 얼른 뒤쪽으로 가서 물을 떠 오니 아무도 없는 거야. 밖을 내다보니 이글거리는 신작로를 걸어가고 있더라고. 검정 치마에 하얀 블라우스를 입었는데 교복에서 눈을 뗄 수가 없었지.

그날 밤 여학생의 교복이 떠올라 잠들지 못하고 뒤척이는데, 문득 스님 생각이 났어.

서당 다닐 때였지. 공부가 끝나면 꼴 베는 것이 일과였네. 망태를 내려놓고 그늘에서 쉬는데 지나가던 스님이 나를 보면서 말했어.

"꼴망태나 멜 관상이 아닌데."

그때는 지나친 말이었는데 그 말이 떠오르는 순간 가슴이 뭉클해졌어.

"이러고 있을 때가 아냐. 여자도 중학교에 다니는데…"

고향에 재건학교가 있다는 말이 생각나 벌떡 일어나 짐을 챙겼지. 동이 트기 전에 청소를 끝내고 주인이 나타나자 말을 꺼냈어.

"집에 갈랍니다."

"촌구석에서 지게나 지게?"

"아니요, 책가방 지려구요."

동창회에서 그 여자에게 그때 왜 물을 마시고 않고 나갔는지 물어봤을까? 그리고 교복 입은 모습에 반해 자신의 운명이 바뀐 사실도 말이다. 궁금했지만 남편에게 물어보지 않았다.

꿈을 품다

■
■
■

작은아버지에게 한마디 말도 없이 사진관을 그만두니 집에서 난리가 났어. 식구들은 돈 벌 생각은 않고 식량만 축내러 왔다고 좋아하지 않았지만, 어머니는 따뜻하게 맞아 주었지.

천막으로 지은 재건학교(시종중학교) 안에 중학교 못 간 아이들이 모여 있었어. 선생님은 몇 분, 여름방학이면 대학생들이 와서 가르치기도 했지. 어머니는 놋그릇에 밥을 싸주었는데 그것이 이상한지도 부끄러운 줄도 몰랐어.

학교에 오가는 십리길을 굴러다니는 돌멩이도 쳐다보지 않고 손에는 영어 단어, 수학 공식 노트가 들려 있었지. 비가 오나 눈이 오나 결석 한 번 하지 않았다네. 호롱

불 아래서 날 새는 줄 모르고 책과 씨름하고 있는데 측간에 가시던 아버지 소리가 들렸어.

"불 *끄고* 그만 자그라."

아버지는 말씀은 그렇게 하셨어도 철든 아들이 대견했을 거야.

학교에서 예의바르고 열심히 공부하는 학생에게 선생님들이 물을 주었어. 그 영양분으로 이 년 만에 검정고시 합격. 광주일고에 원서를 냈는데 떨어졌어. 선생님의 욕심이 과했던 모양이야.

후기 실업학교에서 독일에 보내 준다며 학생들을 모집하고 있었어. 가난한 시절, 해외는 꿈의 나라였지. 그 말에 친구와 원서를 냈고, 장학생이 되었어.

교복을 입고 교문에 들어서는데 이 세상을 다 얻은 기분이었어. 그런데 입학할 때는 전액 장학생이 세 명이었지만 2학년에 올라가서는 일등에게만 준다고 하더라고. 일등으로 들어온 애보다 앞서야 했기에 중간고사 삼 일동안 잠도 안 자고 공부에 매달렸지. 시험이 끝나고는 곯아떨어졌나 봐.

"학생 있어?"

아득히 들려오는 주인집 아줌마 소리에 눈을 떠보니 이틀 동안 아무 기척이 없자 문을 열었다는 거야.

학교 생활에 적응되자 아르바이트로 신문 배달을 시작했는데, 한자가 섞인 사설이 재미있었어. 저녁에는 물지게로 돼지에게 줄 구정물을 나르는데 균형을 못 잡아 더러운 물이 옷에 튀어도 아랑곳하지 않았지. 시골에서 고생하시는 부모님을 생각하면 아무것도 아니었으니까.

방학이 끝나고 상경하는 날 버스 선반에 쌀자루를 올려놓았는데 내릴 때 보니 없어진 거야. 그 시절에는 쌀이 곧 돈이었는데. 그 일을 부모님께 말씀드리지 못하고 보름 동안 꽁보리밥을 먹었어. 그 후로 보리밥은 쳐다보기도 싫었어. 밥하는 고생은 둘째 여동생이 올라오면서 끝났지.

3학년이 되면서 학교를 대표하는 학생회장이 되자 행동이 더 조심스러웠어. 교지에서 주소를 보고 여학생들한테 편지가 날아왔지만 답장할 시간이 없었어. 대학 입시 준비로 무척 바빴거든.

고대 법대에 꼭 가고 싶었어. 실업학교는 학년이 올라갈수록 인문계 공부는 반으로 줄어 입시 공부를 혼자 해야 했으니 그들과 경쟁은 무리였지.

다음 해 전남대 법학과에 합격하자 집안이 또 한 번 발칵 뒤집혔지. 곳간 열쇠를 쥔 할머니가 언성을 높였어.

"니 삼촌처럼 돈 벌거라잉!"

그러자 어머니가 멱살을 잡고 광으로 끌고 가 울먹이며 말씀하셨어.

"이놈아, 대학 가믄 논밭 다 팔아묵어야 혀."

나는 어머니께 무릎 꿇고 애원했다네.

"입학금만 해 주면 돈 벌어 다닐게요. 논밭 안 팔게요."

그렇게 큰소리쳤지만 대학 생활은 만만치 않았어. 논밭 팔지 않겠다는 어머니와의 약속 때문에 하늘이 두 쪽 나도 장학금은 타야 했어. 법대생들은 대부분 인문계 출신이었고 실업계 출신은 나 혼자였지.

처음 보는 중간고사는 주관식이었는데, 어떻게 써야 할지 막막했어. 나는 그동안 읽었던 신문 사설을 떠올려 생각을 정리하고 한자를 섞어 거침없이 써 내려갔다네. 시험이 끝나고 교수님이 답안지 하나를 들어 보이며 말씀하셨어.

"논문은 광진이처럼 쓰는 거다."

모범 답안지라며 법대생들에게 돌렸어. 그 소문이 교수

님들에게 퍼졌다네. 아들의 가정교사를 구하는 어느 교수
님이 보자고 하더라구.

"고등학교 어디 나왔지?"

"숭의실업고등학교요."

그 후로 아무런 답이 없었다네. 어딜 가든 실업학교 꼬
리표는 따라다녔지. 그런 말을 들을 때마다 배구 코트에
서 힘껏 공을 내리쳤어. 마음을 '외유내강'으로 다지면
서 말야.

겨울방학이 되자 과대표가 친구들을 자기 아버지가 근
무하는 군청에 데리고 갔어. 관사에서 카레를 먹고 군수
실에 들어갔는데, 그 애 아버지가 군수님이었어. 그때 군
수님이 대통령보다 더 멋져 보였다네. 이장 선거에 떨어
져 기 한 번 펴지 못하는 아버지를 위해 '군수가 되리라'
는 꿈을 품었지.

악마에게 영혼이라도 팔고 싶었다

■
■
■

2학년이 되면서 학교가 어수선해졌어. 유신을 반대하는 집회가 서울에 이어 지방까지 확산되면서 학생들은 교실에 앉아 있을 수가 없었지. 선배들이 후배들을 이끌고 거리로 나섰네.

학생들은 돌을 던지고 경찰은 최루탄을 쏘고. 선봉에 선 우리가 경찰차에 실려가 유치장에서 하룻밤을 묵었어. 아침에 나를 부르는 소리에 눈을 비비고 일어섰는데 아버지가 와 계시더라고. 아버지에게 이끌려 해장국을 먹고 고향으로 내려갔어.

세상 돌아가는 것을 라디오로 듣고, 농사일을 도우며 짬이 날 때는 동산에 누워 월출산을 바라보며 붉게 물든 노을을 바라보면서 재건학교 시절을 떠올렸어. 청운의 꿈을 품고 간 유학 생활. 밤에 책을 보는데 눈이 스르르 감겨 아침에야 눈을 떴지. 역시 농사는 고된 노동이라는 걸 새삼 깨닫고 고생하시는 부모님을 위해 학업에 전념하리라 다짐했네.

나라가 조용해지고, 교정은 활기를 되찾고 주동자 몇 명은 제적을 당했는데, 그들은 언제 학교로 돌아올지 기약이 없었지.

강의가 시작되고 학생들은 각자 희망대로 사법, 행정고시 준비로 도서관에서 시간을 보냈어. 1차는 객관식. 전 과목 60점을 넘어야 했지. 운이 좋게도 순천고등학교 졸업생과 둘이 합격했다네.

대학에 들어가 소개팅은 단체로 한 번.

J가 유일한 여자 친구였지. 내 눈에는 귀엽고 순진하고 사랑스러운 여자. 우연찮게 J의 새로 지은 벽돌집이 우리 자취방 건너편이었어. 이사 떡을 여동생이 가져왔고, 편지도 전달해 주었지. 등굣길에 그 집 앞을 지나는데 J 어머니가 나를 아는 듯 뒷모습을 바라보는 느낌이 들었지만 인사를 못 드려 항상 가슴에 남아 있어.

어느 날부턴가 아침이면 몸이 무겁고 눈이 충혈되곤 했어. 아르바이트에 1차 고시 준비로 무리했던가 봐. 축구를 하다 쓰러져 응급실에 실려 갔지. 영양실조에 B형 간염이라 하더군. 어머니는 추수철이라 바쁘고 할머니가 올라와 간호를 해 주셨는데, 병원비는 부모님이 걱정할까 봐 J에게 부탁했지. 나중에 갚기로 하고서.

퇴원 후 잘 먹고 푹 쉬어야 하는데 2차 고시 준비로 고된 나날이 이어졌지. 일 년 후 다시 몸에 이상이 왔어. 이번에는 폐결핵. J는 엄마가 드실 고기를 한 뭉치 떼어 와 여동생에게 주고 갔지. 그즈음에 그녀 엄마가 아프시다는 소식은 들었는데, 문병도 못 갔지.

여름방학이 되어 휴양 겸 백양사에 있는 암자로 갔어. 절에서 내려오는 날 J랑 점심을 먹는데 배가 몹시 아파 병원으로 향했어. 주사를 맞고 나오는데 간호사가 시키지도 않은 말을 J에게 하더라구.

"엉덩이에 살이 없어 주사를 못 놓겠네요."

그녀는 폐결핵인 줄 몰랐지. 훗날 '돌아가신 엄마에게 못다 한 효도, 남자 친구 살리는 데 쏟아보자'는 심정이었다고 말하더라구. 그리고 물었어.

"내가 할 수 있는 일이 뭐예요?"

간염 앓았을 때 어머니가 해 주신 방법을 알려 주었어. 작은 항아리에 오리, 대추, 물엿을 넣어 봉한 후 큰 솥에 넣고 12시간 연탄불을 조절해 가며 중탕하는 것이었어. 직장에 다니는 J에게는 벅찬 일이었지만 한 달 동안 매주 가져왔어. 계곡물이 냉장고라 그곳에 두고 토종꿀과 먹으니 기력이 회복되더군.

J 덕분에 병마도 떨치고 2차 시험으로 졸업식엔 참석도 못하고 서울로 향했지. 일주일을 어떻게 보냈는지 모르고 최선을 다했지만 결과는 아쉽게도 몇 점 차로 떨어졌어. 그때 큰 점수로 떨어졌다면 고시를 포기했을까?

1차 한 번에 2차는 두 번의 기회. 매번 아쉬운 점수 차로 낙방했네. 도박판에서 이번만은 '잭팟을 터트릴 거야' 하는 심정으로 빨려 들어갔지.

다시 절로 향하는 발걸음은 천근만근. 주말만 되면 술병을 들고 소리 지르며 올라오는 옆 방 학생이 있었어.

"청춘아, 내 청춘아! 고시가 뭔데 이 산속에서 썩어야 하느냐?"

그는 깜깜한 하늘을 향해 괴성을 질러댔어. 메아리가

되어 산속에 퍼지더군. 그리고 다음 날이면 언제 그랬냐는 듯이 공부에 매달리는 거야.

하루는 아침밥을 먹는데 서울 법대생들이 가만가만 대화를 나누더군.

"행정법론 몇 번 읽었니?"

"이십 회 독하라 했는데 열 번 읽었어."

나는 깜짝 놀랐네. 그 많은 과목을 스무 번이라니! 다섯 번도 못 읽고 2차 보러 한양에 올라갔는데. 또 한 학생은 빛이 새나가지 않게 창문을 이불로 가리고 공부한다고 나에게 말하더군.

전남 법대생과 서울 법대생과의 대결. 안 되는 게임이었지. 완전히 회복되지 않은 체력. 공부만 해도 모자랄 시간에 아르바이트는 엄두도 못 냈어. 부모님께 입학금 받은 후 하숙비 한 번 받은 적 없는데, 아무리 주위를 둘러봐도 뒷바라지 해 줄 사람이 없었지. 여동생이 돈을 벌지만 동생 학비를 대야만 했어. 막막했다네. 공부만, 공부만 할 수 있다면 악마에게 영혼이라도 팔고 싶었다네.

몇 날 며칠을 벼르다가 마지막 자존심을 버리고 J에게 말했지.

"2년간 하숙비 좀 대주면 안 될까? 평생 은인으로 삼을게."

J가 말했어.

"그대의 성실성과 열정에 투자하리다."

남편의 이야기는 밤이 깊어가도 끝나지 않았다. 그날따라 지나온 세월이 떠올라 실꾸러미를 풀었던 모양이다. 그의 세월은 나의 세월이기도 했다. 그의 이야기 또한 나의 이야기이기도 했다.

첫 만남

그를 처음 봤을 때의 모습은 세월이 흘러도 잊히지 않는다. 내가 고등학교 2학년이었던 1966년 3월, 학교 은행에서 실무를 배우고 있을 때였다. 점심시간이었다.

선배 언니가 창밖을 보면서 말했다.

"저기 모자 벗고 있는 남학생 아니?"

남학생들이 양지바른 곳에서 이야기를 나누고 있었다.

"몰라."

"너와 같은 학년인데 몰러?"

"몰라. 누군데? 언니는 알어?"

나의 물음에 언니는 조금 당황하는 것 같았다.

"응, 그냥. 쟤 이름이 김광진이야. 내년에 학생회장 나온 대. 꼭 찍어 줘!"

언니가 말한 학생을 살펴보았다. 보통 키에 갸름한 얼굴, 짙은 눈썹, 쌍꺼풀진 눈, 오똑한 코, 초등학교 때 읽은 '소공자' 같은 인상이었다.

우리 학교는 남녀공학이었다. 3학년이 되자 회장 선거가 시작되었다. 그가 우리 교실에 들어와 칠판에 자기 이름을 크게 한자로 썼다. 잘 쓴 글씨였다. 여학생들이 소리를 지르는 바람에 자기 소개도 못하고 얼굴이 빨개져 나갔다.

그가 학생회장에 당선되었다. 회장은 친구들과 가끔 매점에 왔다. 매점은 은행과 연결되어 있어 떠드는 소리가 다 들렸다. 친구들과는 달리 그는 말이 없었다. 그의 관심은 오로지 학생회 일과 공부인 것 같았다.

시험 때는 눈이 충혈되어 있곤 했다. 여학생들한테 많은 관심을 받을 텐데 그런 내색도 없고, 누구와 사귄다는 소문도 없었다.

교지에 실린 회장 프로필이 눈길을 끌었다. 법대 진학이 꿈이었다. 실업학교는 취직이 기본인데 '꿈과 야망이 크다'는 생각을 잠시 했다. 60년대 젊은이들의 꿈은 외국 나가는 것과 고시 도전이었다. 내 꿈은 외국에 나가는 것이지만 그의 꿈은 고시 도전이었던 모양이다.

여고 마지막 가을이었다. 회장이 나를 찾아왔다. 친구 8명이 결성한 '영록회' 회칙 타이핑을 부탁했다. 그때는 복사기가 없어 시험문제지도 일일이 등사기로 밀어야 하는 시절. 나는 타자를 칠 줄 몰랐다. 그러나 왠지 거절하고 싶지 않았다. 타자기를 매점에 갖다놓고 친구에게 부탁했다. 친구의 타자 실력도 서툴렀다. 그러나 몇 번을 고치면서도 불평하지 않았다. 4쪽짜리 회칙을 여덟 권을 만들면서 신나하던 친구. 회장을 좋아하는 게 아닐까 싶었다.

그 후 그는 은행에 자주 들러 많은 이야기를 나누었다. 어디서 들었는지 전남여중에 못 간 내 사연을 알고 있었다. 나를 인정해 주는 느낌이 들었다. 남을 배려할 줄 알고 따뜻했다. 나이는 작은언니와 같았지만 생각하는 것은 한 수 위였다. 꼭 오빠 같이 포근한 느낌이었다.

한 달 만에 회칙이 완성되었다. 회장과 만나는 날 매점에는 아무도 없었다. 그에게 다가섰다. 강렬한 눈빛이 나를 보고 있었다. 가슴이 '쏴' 했다. 그를 똑바로 쳐다볼 수가 없었다. 뛰는 것은 심장뿐 아니라 회칙을 내미는 손도 떨렸다. 그런 감정은 처음이었다. 그의 눈빛이 내 마음에

1967년 교정에서

파문을 일으켰다. 그날 밤 잠을 이룰 수가 없었다.

언제부턴가 2층 창문에서 걸어가는 내 모습을 지켜보았다고 했다. 길에서 그와 마주치면 두근거리는 마음을 들키지 않으려고 나는 못 본 척 딴청을 부렸다.

나는 세일러복을 자주 입었다. 검정 바탕에 칼라와 소매 끝에 하얀 두 줄. 하얀 머플러가 바람에 날릴 때는 내 마음도 하늘을 나는 듯했다. 그런 나를 세일러복 소녀라 불렀다. 가끔 편지를 내밀고 도망치듯 나가는 남학생도 있었지만 나의 관심은 오직 한 사람뿐이었다.

그날도 세일러복을 입고 은행에 갔다. 선배 언니가 서울 이사장님 사무실에 취직해 가는 날이었다. 문에 들어서자 이사장님이 나를 쳐다보는 느낌이었다. 다음 날 주임 선생님이 난처한 표정으로 말씀하셨다.

"이사장님이 너를 선택했다. 영아한테 미안해서 어쩌지?"

선생님과 나는 진심으로 선배가 서울 가기를 바랐다. 언니는 졸업을 했고, 나는 졸업하려면 4개월이나 남았다. 아직 그에게 마음을 열지도 않았다. 우린 눈빛으로만 말했지 추억 하나 만들지 못했다. 그래서 교정을 떠나기 싫었다. 선생님은 이사장님 명을 따르지 않으면 안 된다고 말씀하셨다. 언니는 내 속도 모르고 말했다.

"왜 하필 이사장님 계실 때 네가 나타나 내 자리를 채갔냐?"

취직을 축하하러 갔는데 언니는 선생님이 그 시간에 나를 불렀다고 오해했다. 몇 년간 한 공간에서 친자매처럼 다정했던 언니 눈빛이 하루 아침에 싸늘해졌다.

난생처음 올라온 서울은 낯설고 번잡스러웠다. 사람은 많지만 친구가 없는 거리, 뒹구는 낙엽처럼 쓸쓸했다. 두 달째 접어드니 집이 그리웠다. 아니 그의 강렬한 눈빛이 내 가슴을 조여왔다. 집집마다 전화가 없던 시절, 그에게 말할 겨를도 없이 떠나왔다. 주소도 모르고, 친구에게 부탁도 못 하고, 그러니 소식을 전할 방법이 없었다. 학교에서는 이성 간의 편지는 학생과장님 손에서 쓰레기통으로 들어갔다. 시간은 가고, 마음은 초조해지고, 방학하면 소식을 전할 방법이 없었다.

눈보라가 유리창을 때리고 있었다. 그 소리가 '그도 너를 애타게 찾고 있을 거야'로 들렸다.

운명을 하늘에 맡기고 그에게 짧은 안부 편지를 띄웠다. 바로 답장이 왔다. 그 순간 내 마음은 풍선이 되어 하늘로 날아갔다.

방학하는 날 서무실에서 심부름 하는 여자 후배가 내 이름을 알고 그를 알기에 편지를 직접 전해 주었다는 사실을 나중에 알았다.

졸업 후에도 편지는 계속 오고갔다. 땡감이 가지에서 홍시로 익어 가듯 우리의 풋사랑도 종이 위에서 익어 갔다.

지옥에라도 따라갈 거야

고등학교 졸업식이 다가왔다. 그와 만나자는 약속은 없었지만 둘만의 시간을 가질 수 있겠지 하는 희망으로 며칠 전부터 상상의 나래를 펼쳤다.

졸업식 날, 그가 학생 대표로 답사를 하고 상을 타는 모습을 먼발치서 지켜볼 뿐. 친구들과 어울려 있는 그에게 다가갈 용기가 없었다. 나는 언니와 사진 몇 장 찍고 교정을 나왔다. 마음은 잿빛 하늘처럼 흐렸고 무거웠다. 그와 말 한마디 못하고 다시 서울행 기차를 탔다.

얼마 후 그가 대학 입학시험을 보러 서울에 왔다. 시험이 끝나고 친구들과 서울역 광장에서 만나 남산도 올라가고 가까운 백화점에도 들러 쇼윈도를 구경하며 액세서리 코너를 지날 때였다. 그가 브로치 하나를 집어 내 옷깃에 달아 주었다. 반짝이는 작은 알갱이들이 수정을 에워싸고 그 밑에 다시 작은 수정들이 둘러싼 꽃 브로치였다. 그가 말했다.

"첫 만남을 기념하는 선물이야."

수정처럼 영원히 변치 말자는 뜻이었을까? 수정은 호수처럼 맑았다. 브로치는 내 옷깃을 떠나지 않았다. 가슴에 호수의 빛까지 들어와 어느 시인의 마음으로 돌아갔다.

> 얼굴 하나야
> 두 손으로 가리지만
> 보고 싶은 마음 호수만 하니
> 눈 감을 수밖에

일하다 짬이 나면 창가에서 남쪽 하늘을 보며 그이 얼굴을 그렸다. 사무실은 일 년 만에 문을 닫았다. 이사장님이 서울 동대문상고와 광주 모교 행정실 중 선택하라고 말씀하셨다. 나는 모교를 선택했다. 그가 전남대학교에 다니고 있기 때문이었다.

우린 일 년 만에 만났다. 낯설지가 않았다. 학교나 동창 소식을 주고받으며 둑길을 걸었다. 길가에 패랭이꽃이 하늘거렸다. 그가 가만히 내 손을 잡았다. 따뜻했다.

어느 일요일, 하늘이 파랬다. 새로 맞춘 하이힐을 신고 그를 만나러 갔다. 그날도 둑길을 걸었다. 뒤꿈치가 아프더니 피가 나 구두를 벗고 풀밭에 주저앉았다. 그가 말했다.

"발이 작고 예쁘네."

부끄러워 발을 움츠렸다. 내 마음처럼 노을이 물들고 있었다. 이어서 해가 지더니 달이 떠오르고 풀밭에서 벌레들의 합창 소리가 들려왔다. 달빛이 우리를 비추었다. 그가 웃옷을 벗어 등에 걸쳐 주고 팔을 감싸 주었다. 어깨에 기대어 이야기를 나누는 사이 달은 중천에 올라왔다. 집에 가야 할 시간이 되었다. 그런데 발이 구두에 들어가지 않았다. 내가 뒤뚱거리자 그가 팔을 잡으며 말했다.

"내 등에 업혀!"

"아니, 괜찮아. 맨발로 걸을 거야."

몇 번 사양하다가 재촉하기에 눈 딱 감고 업혔다. 어릴 적 아버지 자전거에 탄 기억은 있어도 등에 업혀 본 기억은 없었다.

"생각보다 가볍구먼."

그의 등은 푹신하고 따뜻했다. 집이 좀더 멀었으면 싶었다.

어느 날 내 예명을 지어 왔다. 아름다울 美, 선할 善, 이름처럼 선하게 미소 지으라는 뜻이었다.

그는 아르바이트와 학교 공부, 고시까지 병행했다. 피곤해서인지 그의 얼굴에 웃음이 엷어져 갔다. 그나마 내 미소를 보면서 고달픔을 잊는다고 말했다. 하루는 자신의 진로에 대해 물었다.

"대학 졸업하면 회사에 취직할까? 아니면 고시 공부를 계속할까?"

"행정고시가 목표라면서 왜 물어?"

우리 사이가 더 깊어지기 전에 나에게 다짐을 받으려는 것이었다.

"내 길은 절벽을 오르는 길이야. 따라올 수 있겠어?"

"자기만 있으면 지옥에라도 따라갈 거야."

내 가슴에 사랑과 믿음이 충만해 있으니 못할 것이 없었다.

흙 속에 파묻힌 진주

남자들이 군대 가면서 고무신 거꾸로 신지 않겠다는 다짐을 받듯 그이도 공부하러 절에 가면서 나에게 사랑의 맹세를 받고 들어갔다.

한 달에 한 번 외출. 영화 〈러브스토리〉를 보고 그 여운이 가시지 않아 눈길을 걷다 가까스로 통금 시간에 맞춰 집에 도착했다. 엄마는 대문을 열어 주면서 걱정스러운 눈빛이었다. 딸이 어떤 남자를 만나고 다니는지 궁금하셨을 것이다.

서울에서 큰언니가 오는 날, 그의 신상조사에 들어갔다. 그에게 들은 대로 부모님은 시골에서 농사를 짓고, 칠남매의 장남, 아직 군대는 안 갔고, 현재 법대생이라고 말했다. 엄마가 펄쩍 뛰었다.

"넌 몸이 약하니 큰며느릿감이 아니여. 두말헐 것도 없어야. 시골 장남은 절대로 안 된당께."

옆에서 큰언니도 한마디했다. 그 남자한테 시집가면 고생문이 훤하다고 결사 반대였다. 나는 그때 엄마와 언니가 반대하는 이유를 알지 못했다. 콩깍지가 단단히 끼었으니까. 사랑하고, 성실하고, 공부 잘하고, 따뜻한 사람이면 되는 것 아닌가.

"내 인생은 알아서 잘살 테니 염려 말아요."

시집간 큰언니가 옆에서 오금을 박았다.

"못살겠다고 친정에 오기만 하면 다리 몽뎅이 분질러 버려요."

그 말을 듣는 순간 난 결심했다. 아무리 힘들고 어려워도 친정에 손을 벌리지 않을 것이라고. 사람들은 왜 장래성은 보지 않고 현재의 모습만 보는지. 난 그가 '흙 속에 묻힌 진주'라 생각하는데 말이다.

폐결핵을 이겨 내다

어느 날 그에게 전화가 왔다. 축구하다 쓰러져 병원에 있다는 것이었다. 환자가 입원비를 걱정하는 것을 보고 그때서야 집이 가난한 줄 처음 알았다.

그리고 일 년이 지났다.

하루는 점심을 먹고 나오는데 배가 아프다고 해 병원에 따라갔다. 당시 그는 약을 한 주먹씩 먹고 있었는데 무슨 약인지 말해 주지 않았다. 이번에는 폐결핵이었다. 그때 간호사가 들으라는 듯 중얼거렸다.

"환자 엉덩이에 살이 없어서 주삿바늘을 꽂을 수가 없네요."

그 말을 듣는 순간, 일 년 전에 돌아가신 엄마 생각이 났다. 엄마는 딸들 걱정에 눈을 못 감으셨다. 내가 엄마 잃은 슬픔에 젖어 있을 때 그는 내 마음을 어루만져 준 사람이었다. 그 슬픔이 채 가시기도 전에 또 그를 잃을 수는 없었다. 엄마에게 속죄할 길은 그의 건강을 되찾아 주고 성공시키는 일이라 생각했다.

그의 부모님은 아들이 폐결핵에 걸린 줄 모르는 것 같았다. 나도 몰랐으니까. 곁에서 힘들어하는 모습을 보고만 있을 수 없었다. 그렇다고 아픈 그를 두고 떠날 수는 더더욱 없었다. 엄마와 큰언니에게 큰소리쳤기에 오빠에게도 의논할 수가 없었다. 혼자 결심했다.

"건강과 공부에만 신경써. 자기는 흙 속에 파묻힌 진주야. 뒷바라지는 내가 할 테니까."

그렇게 강력하게 말하자 그가 미소를 머금으며 내 손을 잡고 말했다.

"고마워. 합격하면 자기에게 진 빚 다 갚을게."

그가 고등학교 때 나를 알아주었듯이 이제 내가 그를 알아줄 차례다. 아픈 와중에도 고시에 매달리는 그의 '의지와 집념'을 내가 사리라.

한번 마음먹으니 무서울 게 없었다. 엄마들이 치맛바람

일으키듯 내 가슴에도 사랑이 불붙기 시작했다. 절에는 고기가 없었다. 폐결핵 환자는 잘 먹어야 한다고 했다. 마늘을 절구에 찧어 꿀에 쟀다. 그가 B형 간염 때 어머니가 해 주었던 오리즙이 최고라고 말해 주었다.

토요일에 퇴근하고 양동시장에 가서 오리를 사 와 항아리에 오리, 대추, 엿을 넣었다. 큰 양은솥에 물을 붓고 항아리를 넣어 연탄불에 열두 시간 동안 고아서 중탕을 했다. 솥에 물을 채우느라 잠을 설쳤으나 그를 살려야 한다는 일념뿐이었기에 피곤한 줄 몰랐다.

다음 날 고기는 버리고 육즙만 백양사로 날랐다. 그는 약을 열심히 먹고 토종꿀도 먹는다고 했다. 그에게 찾아오는 이는 아무도 없었다. 외로운 투병 생활이었다. 그래서 나를 더 기다렸는지 모른다.

첫 달에는 주말마다 오리즙을 날랐다. 둘째 달부터는 두 번. 석 달쯤에는 몸이 좋아져 한 번으로 줄였다. 차츰 얼굴색이 좋아지고 생기가 돌았다. 그를 보면서 엄마를 살려 낸 기분이었다.

어느새 우린 결혼 적령기에 들어섰다. 주위에서 첫사랑은 멀리서 지켜보라는 사람도 있고, 뒷바라지를 할 바에는 결혼을 하라는 사람도 있었다.

　나는 결혼을 선택했다. 그를 다른 여자에게 양보할 수 없기 때문이었다.

공작새를 품은 꿈

■
■
■

1972년 형제들이 미국으로 이민을 떠나고 있었다. 나
도 그 대열에 끼어야 할지 아니면 결혼을 해야 할지 기로
에 섰는데, 그이한테서 편지가 왔다.

그 편지가 50여 년 만에 장롱 서랍에서 나왔다. 그것도
이 책이 인쇄 들어가기 직전에. 내가 결혼을 선택할 수밖
에 없었던 내용이 있어 그 일부를 소개한다.

내 사랑 선에게.

나는 말이요, 선이 없었다면 지금의 진은 없었을 것이
고, 먹으니까 살고, 나그네처럼 좌표 없이 방황하고 있
었을 것이오. 그러나 이제는 당신에게 향한 사랑이 있

고, 목표가 있고, 우리의 미래가 있소. 그래서 산사에서 당신을 향한 그리움과 외로움을 달래며 희미한 촛불 아래서 때 묻은 책장을 넘기고 있으오.

신은 나의 험난한 길에 따스한 은총을 베풀어 주었소. 너무나 고맙게도 말입니다. 메마른 마음에 풍요를, 외로운 가슴에 사랑을, 원망보다 따스한 정이 흐르도록 해 준 귀여운 당신을 내 행로에 영원한 동반자로 보내셨습니다. 정녕 그대는 나의 샛별이요, 정신의 지주입니다.

1973년 11월 28일 산속에서 진이

이 편지를 받은 다음 해, 나는 오월의 신부가 되었다. 그는 스물아홉, 나는 스물일곱. 모교 이사장님이 주례를 서 주셨다. 방은 직장 근처에 얻었다. 그러나 신혼도 잠시 병역 문제가 불거져 나왔다. 몇 번이나 연기했던 터라 더 이상 미룰 수가 없었다. 다행이랄까, 전에 앓았던 폐결핵 때문에 보충병이 되었다.

고된 훈련 탓에 고시 1차는 고배를 마셨다. 결혼은 소꿉놀이가 아니었다. 여자는 결혼하면 직장을 그만두던 시절이었다. 내가 모교 행정실에 근무하던 때라 그이가 합격

한다는 보장만 있어도 이사장님이 봐주셨을 텐데, 2차를 5년간 떨어지니 주위에서 기대하는 사람도 없고 '실업학교에 지방대를 나와 무슨 고시냐?'며 수군거리는 것 같았다. 눈치가 보였다.

8년간 모은 돈과 퇴직금을 합치니 광주 변두리 집 한 채 값이 되었다. 그때 집을 샀어야 했는데, 어려서 세월이 가면 부동산이 돈이 된다는 사실을 몰랐다. 아니 그이 뒷바라지가 남아 있어 집을 살 수도 없었다.

나는 새로운 분야에 도전하고 싶었다. 양재 기술이었다. 기성복 시대가 열리기 전이었다. 친정아버지가 전기기술자였기에 나도 손재주가 있을 것 같았다. 양재학원은 서울에만 있었다. 의논 끝에 그이는 절로, 나는 서울로 향했다.

서울에 온 지 얼마 안 돼 배가 아팠다. 회충약을 먹고 몸이 으슬으슬해 감기약을 먹어도 차도가 없었다. 병원에 갔더니 생각지도 않은 임신이라 했다. 그 소식을 듣고 남편이 한걸음에 달려왔다. 그리고 태몽을 말하는 것이었다.

"예쁜 공작새가 내 품에 날아왔다네."

남편은 '약을 먹었어도 딴 생각 말라'고 신신당부하며

절로 갔다. 며칠 후 마음이 안 놓였는지 한약을 지어 다시 올라왔다. 그리고 스님 말씀을 전했다.

"우리에게 행운을 줄 아이라네."

아기는 뱃속에서 자신의 존재를 알렸다. 입덧으로 아무것도 먹지 못하고, 속이 울렁거려 버스도 못 타고, 그래서 양재학원은 문턱에도 가 보지 못했다.

용인 에버랜드에서 온 가족이 함께

문간방 생활

　딸이 태어난 지 한 달쯤 지나서였다. 남편에게서 전화가 왔다. 그이는 시골 사당에서 친구와 공부하는 중이었다. 식사를 옆집 아주머니가 챙겨 주었는데 추수철이라 바빠서 못해 준다고 나에게 밥을 해 달라는 전화였다. 친구 부인과 나는 그곳으로 갔다.

　남자들은 동네에 있는 사당에서 공부하고 우리는 산 아래에 있는 사당 문간방에서 살아야 했다. 솟을대문 양 옆으로 방 두 개가 있고, 안채 지붕에는 풀이 나풀거렸다. 으스스했다. 오른쪽 방은 친구가, 왼쪽은 내가 살 방이었다. 방은 코딱지만 하고 부엌은 칸막이도 없이 가마솥 하나 걸려 있을 뿐이었다.

갓난아이를 안고 이사하는 날, 저녁을 먹는데 소나기가 쏟아지고 천둥 번개가 쳤다. 번갯불이 마당까지 내려오고 천둥 소리는 침입자를 호통치는 것 같았다. 무서웠다. 그이가 저녁을 먹고 일어나면서 말했다.

"우린 주말 부부로 사는 거야. 기다리지 마."

문간방 첫날밤은 깊어만 갔다. 이름 모를 새가 멀리서 울고 아이는 잠들었다. 밖은 칠흑같이 어두운데 잠이 오지 않아 이리저리 뒤척였다. 정말 그이는 오지 않을까? 나의 마음이 그에게 닿았던지, 자정이 넘어가는데 밖에서 남편의 말소리가 들렸다.

시골 아침은 새소리와 눈부신 햇살로 시작되었다. 계곡에는 무등산에서 내려오는 물이 세차게 흘렀다. 기저귀를 빨았다. 기저귀는 햇빛과 바람을 타고 잘 말랐다. 남편은 점심을 먹으러 와 아기 눈을 보면서 말했다.

"어깨가 무거워지네."

그러더니 내게 부탁했다.

"당신은 내 건강에만 신경써 줘."

아이는 2.7킬로그램으로 작게 태어났지만 먹고 자고 먹고 자고 잘 자랐다. 친구에게도 딸이 있었다.

아이는 두 달이 되더니 옹알이를 했다. 기나긴 밤이 외롭지 않았다. 남편은 마라톤 주자가 마지막 힘을 모으듯 코피를 흘려가며 공부에 매달렸다.

잠든 아기를 남편에게 맡기고 나는 남광주시장으로 찬거리를 사러 갔다. 그곳에서 싱싱한 생선과 소머리도 사고 나물도 샀다. 친구는 친정엄마가 가끔 밑반찬을 해 주었지만, 나는 큰언니에게 '내 인생 알아서 잘살 테니 염려 말라'고 큰소리쳤기에 시댁은 물론 어느 누구에게도 도움을 청하지 않았다.

장작불에 소머리를 몇 시간 푹 끓이면 진한 국물이 우러났다. 그 국물에 미역을 넣었다. 미역은 목포와 정읍 작은 어머니가 산모에게 준 선물이었다. 그걸 두 달간 먹으니 아기가 튼튼하게 자랐고, 그이 B형 간염 항체도 그때 생겼지 싶다.

남편은 시간을 아끼기 위해 광주에서 가끔 택시를 타고 집에 왔다. 나는 시장을 오갈 때 농로를 택했다. 길 양쪽에 코스모스가 피어 있었다. 보따리가 무거우면 내려놓고 코스모스 무리 속으로 들어가 춤을 추고 노래를 불렀다. 나만의 무대. 참새와 허수아비가 청중이었다.

시골의 겨울은 빨리 찾아왔다. 안채에 사는 아주머니 기침 소리가 저녁마다 들려왔다. 친구 가족은 그 소리에 놀라 다른 곳으로 이사를 갔다. 우리는 2차 시험이 얼마 남지 않아 옮기는 일은 무리였다. 말벗이던 친구는 떠났고, 유일한 내 말벗은 아기였다.

남편은 일주일 전에 2차 시험 보러 서울로 갔다. 건강도 체크하고 정보도 얻기 위해서였다. 서울 사는 여동생이 선배들을 찾아다니며 시험 정보를 얻어 그이에게 전달했다는 것을 나중에 알았다. 큰 힘이 되었다고 했다.

나는 시험 전 날 꾼 꿈을 뒷집 할머니에게 말했다.

"우리 아궁이에서 지핀 불이 구들장을 지나 벌판을 태우고 있었어요."

"새댁, 그 꿈 절대로 다른 사람에게 말하면 안 돼!"

할머니 당부에 좋은 예감이 들었다.

시험이 끝났다. 그이가 외출을 하기에 나도 해방감에 아이를 업고 광주 친정 큰집에 놀러갔다. 저녁을 먹는데 눈발이 날렸다. 서둘러 차를 탔다. 눈은 금세 함박눈으로 변해 거리를 하얗게 덮었다. 버스에서 내리니 눈은 그치고 달이 떴다. 들판이 카드의 한 장면처럼 아름다웠다. 그러나 내 집은 멀리 있고, 주위에는 강아지 한 마리도 지나가지 않았다. 양쪽 산에서 짐승 소리도 들렸다. 무서웠다. 아기를 단단히 묶고 코트로 머리를 덮고 기저귀 가방을 들었다. 누가 쫓아올 것만 같았다.

허둥대다 그만 눈길에 미끄러져 아기가 깼다. 그런데 아기는 울지도 않고 옹알이를 했다. 옹알이에 대답하며 꼼지락거리는 발가락을 만지니 무서움이 사라졌다.

그 순간만은 아이가 나의 보호자였다. 멀리 보이는 문간방은 불빛도 없었지만 그 길이 어둡지 않았다. 내 가슴속에 환한 불이 켜져 있기 때문이었다. 앞으로 더 열심히 살아가리라, 나는 몇 번이고 다짐했다. 아기가 내 마음을 알기라도 한 듯 등 뒤에서 톡톡 발길질을 했다.

2_ 남편에게 처음 받은 꽃다발

서울은 싫어요

■
■
■

1.

광주에 사는 선배 집을 방문하게 되었다. 선배는 남편
의 고향 사람이다. 그는 팔십이 넘었는데 지금도 건설업
을 하고 있다. 그분과의 인연은 남편이 고시에 합격하자
우리 부부를 서울 집으로 초대하면서 시작되었다.

선배 내외가 반갑게 맞아 주었다. 보리굴비로 저녁을
먹고 집으로 와 차를 마시면서 말했다.

"광진이가 나주에서 서울로 가지 않았더라면 그렇게 일
찍 저세상으로 가지 않았을 텐데."

40여 년 세월이 흘렀건만 나주의 일을 기억하고 있었
다. 맞장구치고 싶었으나 그럴 수 없었다.

"다 하늘의 뜻이지요."

그렇게 말하면서 머릿속은 나주 벌판으로 달려가고 있었다.

우리 집 뒷산에는 배꽃이 만발하고, 앞에는 실개천이 흐르고, 놀이터가 있었다. 아이들이 그네를 타며 재잘거리는 소리가 부엌까지 들렸다. 그 소리를 들으며 푸성귀를 다듬고, 저녁밥을 짓고, 남편과 아이들을 기다렸다.

여름방학이 되면 아이들은 친구들과 어울려 개천에서 송사리를 잡기도 하고, 정월 대보름날에는 쥐불놀이를 하느라 새까매진 얼굴로 집에 왔다. 그런 우리 아이들을 보면서 옆집 아주머니가 말했다.

"딸을 학원에도 안 보내고 그렇게 놀려도 돼요?"

3학년 딸, 1학년 아들. 초등학교 시절에는 친구들과 놀아야 한다는 생각이었다. 여섯 살 막내는 팔이 부러지는 사고도 있었으나 누나와 형을 줄기차게 따라다녔다.

남편은 전임에게 포니2를 물려받았다. 빨리 운전대를 잡고 싶어 일주일 공부하고는 면허증을 땄다. 출퇴근 시간에는 운전기사에게 실습을 받고, 일요일에 가족을 태우고 시골집에 갔다. 도착해서야 안도의 숨을 내쉬었다.

시부모님께는 처음으로 떳떳한 기분이 들고 이제부터 가난에서 벗어나리라 생각했다.

그해 여름 휴가를 산사로 갔다. 내리쬐는 태양도 우리를 축복해 주는 듯했다. 계곡물에 발을 담그고 바위에 누워서 우리 부부는 이 평화가 깨지지 않기를 빌었다. 결혼 10여 년 만에 느끼는 행복이었으니까.

그러던 어느 날 남편이 어두운 얼굴로 들어왔다.

"무슨 일 있어요?"

"지사님이 내무부로 가라고 하시네."

"서울은 절대로 안 돼요!"

"나도 안 간다고 했어."

서울이라는 말을 듣는 순간, 악몽이 떠올랐다.

남편 첫 발령지는 체신부였다. 성적순이라지만 내무부와 보사부로 가장 많이 갔고, 타 부서로는 몇 명. 체신부는 남편뿐이었다.

서울에서 전화국에 다니는 큰집 시동생이 우리 집을 구하는 데 발벗고 나섰다. 화곡동이었다.

둘째를 낳고 일주일 만에 집에 들어 갔다. 주인 여자는 애가 하나라더니 둘이라며 언짢은 표정이었다. 화장실은 하나뿐, 일요일 마루에서 아저씨 소리가 나면 참아야 하는 어려움이 있었다.

골목에 들어서면 비슷한 집들이 양쪽으로 줄줄이 있고 쪽문으로 드나들었다. 문에 표시을 해 두지 않으면 남의 집 문을 열었다.

딸은 두 돌이 채 안 되었다. 엄마 품을 빼앗겨서인지 퇴행이 시작되었다. 대소변을 잘 가렸는데 옷에 오줌을 싸는 등 아기 뺨을 꼬집으며 엄마 품 대신 아빠 품으로 갔다.

일요일이었다. 딸은 밖에서 떠드는 소리에 밖에 나가고 싶어 했다.

"어디 가지 말고 여기서만 놀아라."

말은 못해도 말귀는 알아들었다. 젖을 먹이고 밖에 나오니 아이가 없어졌다. 남편과 골목을 헤맸지만 찾지 못했다. 마음은 점점 숯덩이가 되어 갔다. 얼마나 시간이 지났을까, 그이가 아이 손을 잡고 나타났다. 그 일이 있고 난 후 딸이 나가고자 하면 갓난애를 안고 따라나섰다.

그날도 아기를 재우고 나왔다. 잠깐이었다. 딸이 없어졌다. 막 골목을 벗어나는 아이를 발견했다. 부르지 않고 가만히 뒤를 따라갔다. 아이는 이곳저곳을 기웃거리며 울지도 않고 차가 오면 피하고 큰길을 따라 한없이 걷고 있었다. 한참 후 불렀더니 울며 안겼다. 만약에 그날 딸을 잃어버렸다면 나는 살아도 살아 있는 목숨이 아니었을 것이다.

남편도 아침저녁으로 만원버스에 시달리다 지친 몸으로 집에 오면 파김치가 되었다. 어느 날은 양복 단추가 덜렁거렸다.

일 년이 지나자 그이는 내무부로 갈 길을 찾았다. 그때부터 월급의 반은 남편이 쓰고 나머지로 생활해야 했다. 우윳값이 모자랐다. 결혼 전 모아 둔 비자금은 이미 바닥났고, 미국 형제들에게 손을 벌리려 하니 남편이 말했다.

"어렵다는 소리 해 봐야 우리만 초라해져. 오죽했으면 내 뒷바라지를 당신에게 부탁했을까."

그렇다고 앉아 있을 수만은 없었다. 옆에 사는 동서에게 돈을 빌려 썼다. 그렇게 적자 생활이 계속되었다. 본부에서 직급이 높은 형님보다 전화국에서 일하는 동생이 더 여유 있어 보였다.

얼마 후 MBC 사장한테 연락이 왔다. 전남으로 발령이 났다는 소식이었다. 우리는 함께 외쳤다.

"서울은 싫어요!"

그분은 '수원 연수원에 있으면 내무부로 옮겨 준다'고 했다는데, 남편은 그 사연을 이사한 후에야 말했다.

2.

배꽃 향기가 온 고을에 퍼지는가 싶더니 담장에서 매미 소리가 들려왔다. 방학을 맞은 아이들과 지리산 계곡을 다녀오는 길이었다. 남편의 서툰 운전 실력을 의심하지 않았다.

농로 2차선을 달리고 있었다. 앞에 까만 물체가 보이는 가 싶더니 뒤에서 후다닥 소리가 났다. 새끼 염소가 길에서 잠자다가 혼비백산해 도망쳤던 것이다. 달아나는 염소를 보면서 다행이다 싶었다.

따가운 햇살에 벼이삭이 여물고 과수원에서는 배가 어른 주먹보다 커져 갔다. 배를 바라보면 침이 저절로 나왔다. 그 달콤함이라니, 마치 첫 키스 맛이라고나 할까. 하지만 그 달콤함은 오래가지 않았다.

새해가 되면 대통령이 8도를 다니며 도청에서 업무 보고를 받는다. 도에서는 일 년 중 가장 큰 행사다. 그 행사를 전남도청이 아니고 나주시청에서 받는다고 했다.

컴퓨터가 없던 시절, 모든 보고서는 손으로 써야 했다. 그이는 한자나 한글 글씨체가 좋았다. 그 업무를 도청과 연계하여 직원들과 밤을 새가며 빠진 문서는 없는지 검토하고 또 검토해 갔다. 그렇게 하여 행사를 무사히 마치고 대통령 일행은 떠났다.

어느 날 양복을 손질하는데 오른쪽 팔꿈치에 구멍이 나 있었다. 한 벌뿐인 모직 양복이었다. 짜깁기했더니 감쪽같았다.

한 달쯤 지나서였다. 도지사가 남편을 불러 내무부로 가라고 했다는 것이었다. 단박에 거절했더니 이렇게 말했다고 했다.

"내무부에서 일을 배워야 나중에 '도지사'도 될 수 있네."

그이도 그것을 모르는 바가 아니었다. 체신부에서 부서를 옮길 때 수원 연수원으로 가 있으면 내무부로 옮겨 준다고 했으나 전남도청을 택했다. 고향에 계신 부모님을 자주 뵙고 동생들을 데리고 살아야 하기 때문이었다. 또 지방대를 나왔기에 '송충이는 솔잎을 먹어야 한다'는 그의 지론이기도 했다.

서울행은 그것으로 끝난 줄 알았다. 다시 도지사가 불렀다.

"안 가려는 이유나 들어봅시다."

"서울에 전세 얻을 형편이 안 되고요, 고향에서 일하렵니다."

그이 성격상 아무리 어려워도, 그것도 상관에게 가정 형편을 말할 사람이 아니었다. 그 자리는 솔직해야만 했다. 도지사도 다른 직원을 찾아야 하니까. 나는 남편의 용기에 박수를 보냈다. 죽어도 서울은 싫었다.

도지사는 후배가 마음을 바꿀 기미가 없자 세 번째로 남편의 지인들을 불렀다고 했다.

"광진이를 내무부로 보내야겠어요. 여러분이 도와주세요."

광주 갔을 때 보리굴비 사준 남편 선배에게는 부족한 전세자금을, 다른 분에게는 식량이 배정되었다는 말이 들려왔다. 우리가 무엇이기에 고향 분들에게 심려를 끼치나 싶어 더 이상 버틸 명분이 없었다.

도지사는 그 일을 자랑인 양 말했다.

"광진이가 요직을 다 거쳤는데 서울 전셋집도 못 얻는다네."

직원들은 설마했다. 한순간에 가정 형편이 들통나 민망했지만 한편으로는 후련했다. 시집 식구들은 아는지 모르는지 아무 반응이 없었다.

남편은 서울에서 내려올 때 나와 의논 한마디 없이 광주를 택하더니, 서울로 올라갈 때는 내게 물었다.

"당신, 서울 갈 거요?"

"가요! 파출부라도 해서 생활비 벌 테니까."

그래서 서울행이 결정되었다.

나주는 우리 가족에게 잠깐 나온 햇빛이었다. 나주에 들어올 때 핀 배꽃이 떠나는 날도 활짝 피어 있었다. 남들은 출세하러 서울 간다는데, 우리는 도살장에 끌려가는 기분이었다.

1992년 영암 '군민의 날' 행사장에서

다시 올라온 서울

■
■
■

서울 생활이 시작되었다. 내무부는 듣던 대로 휴일이 없었다. 직급도 한 급 낮아져 다시 계장으로 돌아갔다. 청사의 불은 밤 10시에도 꺼지지 않았다. 아들이 나중에 아빠가 항상 밤늦게 들어와서 공무원 퇴근 시간이 10시인 줄 알았다고 말하기도 했다.

양복 팔꿈치가 오른쪽만 아니라 왼쪽도 해질 정도로 일을 해야만 하는 곳이었다. 직원들은 저녁에는 칼국수, 야식은 옥수수를 먹고 도시자가 들르는 날 포식한다고 했다.

우리가 살던 응암동 집은 화덕은 1층에 있고 온기가 배관을 타고 2, 3층으로 올라가는 구조였다. 우리집은 2층이었는데 3층 아줌마는 일 다닌다는 핑계로 연탄불 가는 일을 나몰라라 했다. 목마른 사람이 우물 판다고, 그 일은 항상 내 몫이었다.

아이들은 나주에서는 학교가 끝나면 개울이나 놀이터에서 살았는데, 서울에서는 일찍 집에 와서 동화책을 읽었다. 다행히 학교생활은 잘 적응해 나갔다.

한두 번 불평을 하던 남편도 시간이 흐르자 일에 몰입했다. 내무부는 행정전문가를 길러내는 곳인 듯했다. 동료들에게 뒤처지지 않으려면 공부를 해야 했다. 운명으로 받아들이고 길 건너 교보문고를 찾았다. 전문서적은 물론이고 교양서적을 읽으며 선조들이 즐겨 봤던 《대학》과 《중용》에서 길을 찾고자 노력했다. 그리고 말했다.

"앞으로의 삶을 중용(中庸)에 둘 거요."

그이는 따뜻하고 남의 말 잘 들어주는 반면에 자신의 이야기를 잘 하지 않는 입이 무거운 사람이었다. 그의 성품과 맞는 길이었다.

그렇게 남편은 자신의 길을 찾아가고 있는데, 나는 생활고를 해결하기 위해 부업을 찾아야 했다. 단순노동뿐이었다. 전문기술이 없는데 일을 주는 사람이 있겠는가.

이 년쯤 지나서였다. 각 부처에서 조합을 결성해 아파

트를 분양했다. 서초구와 서대문구였다. 직원들은 강남을 택했으나 그인 강북을 택했다. 청사가 전철로 세 정거장이니 마음놓고 밤늦게까지 일할 수 있기 때문이었다.

광주 아파트를 처분해 계약금 내고 중도금은 주택융자금으로, 잔금은 외상이었다. 입주를 못하고 전세를 놨다. 부동산 폭등으로 전세금이 분양가보다 더 높았다. 결혼 후 처음 쥔 목돈. 우량주에 투자했다. 그게 대박이 날 줄이야.

그 무렵 지방자치제가 논의되고 있었다. 잘못하면 군수도 못 나갈 판국이었다. 서둘렀다. 도청 기획관을 거쳐 고향 영암으로 발령이 났다.

영암은 월출산이 있지만 가물 때는 늘 식수가 부족했다. 그이는 계곡을 막아 제2저수지를 계획했다. 공사비는 군 예산은 물론이고 도 예산을 끌어와도 어림없었다. 내무부를 오가며 교부금을 받아 착공에 들어갔다. 아마도 내무부에서 근무하지 않았다면 그 일은 불가능했을지도 모른다. 앞으로의 영암 발전을 위해 십 년 계획을 세우겠다며 면장들과 의논을 했다.

사람 사는 곳은 어디든 끊임없이 사고가 일어난다. 2년을 하루도 발 뻗고 잔 날이 없었다고 했다.

아쉬워하며 떠났던 전남도청을 재정국장이 되어 다시 들어갔다. 어느새 딸은 고등학생이 되었다. 나는 나주에 있을 때처럼 가족 여행 가기를 기다렸다. 그런 작은 소망도 아랑곳없이 남편이 말했다.

"나를 구름 속에서 잠깐 나온 해 보듯 해요."

그 순간 생산계장 시절이 떠올랐다. 광양만에 제철소가 들어올 예정이었다. 어민들이 삶의 터전을 잃게 될지도 몰라, 담당인 그는 서점에서 외국 사례들을 찾아보고, 전문가 의견을 듣고, 직원들과 밤새워 바다에 지도를 만들어 어민들에게 분양했다. 어민 대표는 생각지도 않은 보상에 그이 공적비를 세워 주겠다고 했지만 손사래를 쳤다.

남편의 고향도 바닷가다. 갯벌에서 참게, 조개를 잡고 겨울에는 어머니는 굴을 따서 장에 팔아 생활비를, 처녀들은 시집 갈 밑천을 장만하는 곳이었다. 그런데 영산강 하구언 땜이 완공되자 갯벌이 물속으로 잠겨 버렸다. 여인들은 발만 동동 굴렀을 뿐이었다. 그는 광양만 어민들에게서 어머니의 눈물을 보았다고 말했다.

도청 직원 아파트 지을 때도 그랬다. 집 없어 고생하는 마누라를 보면서, 박봉인 공무원 가족을 생각하고, 주공

보다 더 좋게 더 싸게 짓느라 휴일이면 그곳에서 살다시
피 했다.

구름 속 해 보듯 하라는 말에 도민을 위해 발벗고 나서
겠구나 싶었다. 속으로 외쳤다.

"예, 당신을 나라에 바친 지 오래됐구만요."

그러나 그이의 야심찬 포부와는 달리 도청은 예전의 분
위기가 아니었다. 계장으로 있을 적에는 도지사의 전폭적
인 지지와 국장, 과장, 계장 삼박자가 맞아 일할 수 있었
다. 그런데 지방자치제 바람이 불면서 직원들은 복지부동
이었다. 국장이 과장 일까지 해야 했다. 또 저녁에는 매일
술 한 잔씩 할 수밖에 없었다. 장밋빛 청사진은 흐려지고
그이 용량에도 과부하가 걸리기 시작했다.

어느 날 나에게 말했다.

"여기서 사람들에게 시달리는 것보다 내무부에서 일에
시달리는 것이 나을 것 같네."

내무부행 결정은 고향 사람들을 놀라게 했다. 그분들의
따가운 시선을 뒤로 하고 짐을 쌌다. 이삿짐에는 '구멍
난 양복'도 따라왔다.

1980년도 가계부

■
■
■

1980년도 가계부. 사십여 년의 세월만큼 누렇게 빛바 랬다. 유일하게 남아 있는 가계부다. 첫 장을 펴니 '인내 하라, 그러면 열매가 열리리라' 고 쓰여 있는 문구에서 많 은 사연들이 쏟아져 나왔다.

남편이 체신부에서 연수원이 아닌 전라남도를 택한 건 또 다른 이유가 있기 때문이었다. 장남으로서 동생들을 돌봐야 하는 책임감이었다.

1979년, 이삿짐을 풀자 대학 다니는 큰시동생이 오고, 다음 해 고등학교 입학한 막내 시동생이, 그 뒤를 이어 시 누이까지, 우리 아이 둘과 합하니 식구가 일곱이 되었다.

그이는 법제계장을 시작으로 생산계장을 거쳐 인사계

장으로 발령나니 축하 전화가 빗발쳤다. 그런데 월급봉투는 점점 얇아져 갔다.

몇 달이 지나서였다. 남편의 고향 선배인 연합통신 국장과 통화를 하게 되었다.

"제수씨, 월급을 다 달라 했다면서요?"

"예, 생활비 해야죠."

"그럼 광진이는 무슨 돈으로 써요? 빚내서 사세요!"

황당했다. 우리 식구가 몇인지 알고나 한 말씀일까. 갓 시집 온 새댁 길들이듯 새내기 공무원인 우리를 길들이고 있었다. 내 귀에는 나보고 나가서 돈 벌라는 소리로 들렸다.

남편은 '인사가 만사'라는 원칙을 세우고, 백도 없고 돈도 없고 도청에 들어오지 못한 직원들을 위해 시험제도를 만들었다.

어느 날이었다. 집을 가르쳐 달라는 직원의 전화가 왔다.

"안 돼요! 큰일나요."

다시 벨이 울렸다. 부모님이 농사지은 거라며 사정을 하는 것이었다. 택배가 없던 시절, 인정에 끌려 주소를 알려주고 말았다. 퇴근한 남편은 그걸 보고 불같이 화를 냈다.

"남편 앞길 막을 여편네네! 당신이 행정을 알아?"

속으로 다짐했다. '앞으로 내 입으로 주소를 가르쳐 주면 성을 갈겠다'고.

가계부를 펼치니 아픈 기억들이 어제 일처럼 쏟아져 나왔다.

1980년. 1월 수령액은 28만 원. 보너스까지 합친 금액이었다. 서울에서 내려올 때 동서에게 빌린 9만5천 원을 갚고 막내 시동생 고등학교 입학금 3만6천 원, 남편 용돈 3만 원, 곗돈 3만 원이 지출되었다. 8만여 원이 남았다. 일곱 식구의 한 달 생활비였다.

한 달 전기료가 1천 원, 수도세 6백 원 그리고 연탄 한 장에 87원, 돼지고기 한 근에 1천 원, 소고기는 2천 원, 고등어는 2백 원이었다. 부족한 생활비는 옆집 작은어머니에게 빌려 썼다. 서울에서도 동서에게 빌려 쓰는 마이너스 생활이었는데, 광주에서도 그 생활이 계속되었다.

2월 수령액은 보너스가 없어 17만 원이었다. 고정으로 나가는 돈을 빼니 10여만 원 남았다. 시골에서 보내 준 쌀은 봄까지 먹으면 여름이면 떨어졌다. 우리 식구는 여름철이 보릿고개였다. 쌀 한 말에 9천 원. 다음엔 시누이

학원비로 3만 원이 나갔다. 그렇게 계속해서 적자 생활이 이어졌다.

어른 다섯의 먹성 때문에 주말마다 김치를 담가야 했다. 그때 나는 셋째를 가져 배불뚝이였다. 4일장에서 배추를 머리에 이고, 조기 엮걸이라도 사는 날은 남자들 상에만 올렸다. 나는 된장국과 김치가 유일한 반찬이었다. 지금 생각해 보면 왜 그런 바보짓을 했는지 모르겠다. 그래서 뱃속 아이는 자라지 못했다. 지금도 막내는 나의 아픈 손가락이다.

막내가 돌이 되기 전이었다. 복강경 수술 후유증이 왔다. 관절이 아프고 산후우울증까지. 그 시절은 우울증이라는 병명이 없었다. 만사가 귀찮고 삶에 의욕이 없을 뿐이었다. 병원에 다니면서 관절염 주사를 맞고 '사주(蛇酒)'까지 먹었지만 별 효력이 없었다.

찬바람이 불었다. 연탄을 하루에 두 번 갈았다. 방 두 개에서 나오는 연탄재는 며칠만 안 버리면 수북이 쌓였다. 남자 셋은 아래층을 내려가면서 그 재를 한 번도 버려 주지 않았다. 시어머니는 시골에서 농사일을 하는데 며느리가 집에서 놀면서 그것도 못하냐는 식이었다. 그나마 시누이가 부엌일은 도와주었다. 방학하면 시동생들이 시골로 내려가겠지, 그러면 좀 편해질 거라는 희망으로 하루하루를 버텼다.

그런데 방학하자 내려갔던 삼촌 둘이 일주일 만에 다시 왔다. 그들을 보는 순간 화가 머리끝까지 올랐다.

"방학만이라도 시골에 있어요!"

이성을 잃어 말이 곱게 나가지 않았다. 그러자 시동생들이 책을 던지는 등 난동을 부렸다. 덩달아 시누이도 미싱 자수 수틀을 부러뜨리고 동생들과 나가버렸다.

그동안 친척들이나 남편의 모진 말에도 희망이 있기에 서운하지 않았다. 그런데 동생들의 소동에 10여 년간 참고 참고 참아왔던 눈물이 한꺼번에 쏟아졌다. 일요일이었다. 사무실에 있는 남편에게 전화를 했다.

"동생들과 싸웠으니 빨리 와요!"

나의 화난 목소리를 들었을 텐데 몇 시간이 가도 소식이 없었다. 설마했을 것이다.

무작정 집을 나왔다. 막상 갈 곳이 없었다. 비구니들이 사는 화엄사가 생각났다. 그들을 보면서 세상 욕심 다 버리고 머리를 깎아 버릴까 했다. 자식들이 눈에 밟혀 용기가 나지 않았다. 사흘이 지났다. 남편의 손을 놔 버릴까?
시부모님이 그렇게 원하던 부잣집 딸과 결혼해 살든지 말
든지. 처녀 시절 그이가 붙잡아 못 간 미국. 내 편이 있는
형제들 곁으로 가자!

결혼반지를 전당포에 잡히고 남편에게 전화를 걸었다.

"지금 갈 테니 제발 그곳에 있어 줘!"

그러고는 한걸음에 달려왔다. 얼굴이 초췌해 보였다.
내가 집 나간 이유를 몰라 시골에 갔더니, 부모님은 자식
들 말만 듣고 노발대발하셨다고 했다.

"이참에 에미와 헤어져라."

"그럴 수 없어요. 내가 논 한 마지기라도 팔았나요? 뒷
바라지를 누가 했는데요? 아버지가 하숙비 한 번, 여비
한 번 주셨어요?"

처음으로 부모님에게 대들었다고 했다. 부모님이 속상
해 하실까 봐 적은 월급봉투도 보여 드리지 않았다. 내가
투덜거릴 때마다 남편은 '조금만 참아' 하고 등을 다독거
려 주었다.

늦긴 했지만 내 존재를 말씀드리지 않았다면 지금쯤 나
는 미국에 가 있을 것이다. 1980년도 가계부가 아픈 지난

날을 가감 없이 말해 주고 있었다.

그 후 시동생들은 자취방을 얻어 나갔다. 자취를 해 봐야 그 고통을 알게 될 거라는 남편의 생각이었다. 나는 몸은 편했지만 마음은 편치 않았다. 큰시동생은 대학을 졸업하고 바로 결혼을 했다. 막내 시동생은 우리가 아파트로 옮기면서 다시 합쳤다.

세월이 흘렀다. 막내 시동생이 우리 막내가 대학을 졸업하자 다니는 회사에 아르바이트를 추천해 주고 그 회사에 입사하는 데도 큰 힘이 되어 주었다. 지금은 집안 대소사를 챙기며 형님의 빈자리를 채워 주고 있다.

작은시누이는 친정집에 자주 간다. 가자마자 쓸고 닦고 청소를 한다. 형제들이 하룻밤 쉴 수 있게 이부자리를 늘 뽀송뽀송하게 해 놓고 오가는 길에 부모님과 큰오빠가 생각나면 선산에 들러 풀을 뽑는다.

일하다 죽을 것이다

■
■
■

　남편이 도청을 떠나 수원 연수원에서 교육을 받을 때였다. 광주 집에서 가지고 간 붕어즙을 아침저녁으로 먹었지만 누적된 피곤이 풀리지 않아 퇴근 후 저녁을 먹고는 방에 들어가 잠만 잤다고 했다. 어느 날 하숙집 아줌마가 말했단다.

　"삼 개월 만에 밖에 나오네요."

　"그때 도청에 그대로 있었더라면 아마도 쓰러졌을 거네."

　남편은 후에 그렇게 말했다.

　건강이 회복되고, 우리도 시울 아파드에 입주하고, 남편은 일 년간 교육을 받고서 내무부로 갔다. 지방자치단체 막이 올라 있었다. 몇 년 후에 종로 부구청장으로 갔다.

그때만 해도 종로는 정치 일번지였다. 그이는 서울시 행정을 알고 싶었다고 했다. 그곳에서 나주시, 영암군, 종로구청의 사례를 들어 〈지방자치단체(地方自治團體)의 지역개발(地域開發)을 위한 투자재원(投資財源) 조달방법(調達方法)에 관한 연구(研究)〉라는 제목으로 석사논문을 냈다. 그리고 서울시에 남을 것인가, 아니면 다시 내무부로 갈 것인가 또 기로에 섰는데, 선배가 내무부로 오라고 종용했다.

다시 짐을 싸 내무부로 갔다. 그리고 재정과장, 재정국장, 청와대 비서관으로 일했다. 재정국장 시절 대한민국 예산을 주무르는 사람이 자신은 마이너스 통장을 쓰고 있었다. 순간 내 노후가 불안했다. 퇴직하고 연금을 남편 혼자 써도 부족하겠구나 싶었다.

경기도에서 건설업을 하는 이종사촌 정수 시동생이 마침 용인 수지에서 아파트를 분양하고 있었다. 모델하우스 오픈 날 찾아가 시동생에게 하소연했다.

"삼촌이 준 딸 결혼 축의금을 형님이 말도 없이 당신 빚 갚았대요."

"형님이 돈을 잘 쓰는 편이지요."

퇴직을 앞두고 걱정하는데 길남이 형과 상의한 끝에 미분

영암 '군민의 날' 주민들과 함께

양된 아파트를 그 형에게 준 가격으로 우리에게도 주었다.
지금 살고 있는 아파트다.

사주쟁이가 '1급까지'라더니 그 말이 사실이었다. 1급
이 갈 자리는 '도지사'다. 그 자리는 민선지사가 앉아 있
어 전남 부지사로 가야 했다. 나는 고향에서 퇴직하기를
바랐으나 그인 끝내 내려가지 않았다. 더 큰 꿈을 꾸고 있
었을까. 그러나 세월은 기다려 주지 않았다. 산하 기관에

서 생을 마쳤다.

남편의 사십구재 날 아침 '일하다 죽을 것이다'란 말이 생각나 구두와 양복을 챙겼다.

"이승에서 못다 한 나랏일 저승에서 하세요."

나는 구멍 난 양복을 태워 하늘나라로 보냈다.

그리고 십여 년 세월이 흘렀다. 딸과 사위, 아들 내외 손주들과 서해안 도로를 달려 목포에서 '다리'를 건너 영암 시골집에 도착했다. 다리가 없을 때는 목포에서 버스로 1시간 걸렸다는데 20분도 채 안 걸렸다.

면민들이 이구동성으로 말했다.

"군수님이 영암에 재직할 때 십 년 계획에 '다리'를 넣지 않았다면 우리는 지금도 목포를 돌아서 다닐 거예요."

면민들은 그이 공적비를 논하고 있다. 이번에도 남편은 하늘나라에서 손사래를 치지 않을까 싶다.

벚꽃 파라솔을 들고

■
■
■

문우들과 일본으로 문학기행을 간다. 마치 수학여행 가는 기분이었다. 일본이라 하니 젊은 날 퍼즐 한 조각이 떠올랐다.

1980년. 도지사는 직원들의 사기를 올려주기 위해 주택조합을 결성하기로 했다. 3백여 세대. 남편이 조합장직을 맡았다.

"내 명예를 걸고 우리 집 짓듯 지을 거요."

휴일에도 현장에 나가 인부들을 격려하고 천장 높이까지 재기며 벽돌 하나라도 살폈다. 그렇게 동분서주한 끝에 주공아파트보다 더 좋은 자재를 쓰고 분양가도 훨씬 낮게 내 집을 마련할 수 있었다.

입주하는 날, 앞집도 뒷집도 밤늦도록 불이 켜져 있었다. 아이들은 하굣길에 산딸기도 따먹고 놀이터에서 마음 놓고 놀았다. 눈 내리는 날 친구들이 우리집에 모였는데, 앞산 설경을 보며 탄성을 질렀다. 그 해 겨울은 정말 따뜻했다.

벚꽃이 필 무렵 도지사는 일본 ○○현을 방문하면서 그동안의 노고를 치하하는 의미에서 신참 과장인 남편을 수행원으로 데리고 갔다.

그이는 일본행이 처음이었다. 음식 양이 적어 배가 고팠고, 새 양말인데 실밥이 터져 발가락이 나와 사람들에게 들킬까 봐 쩔쩔맸다고 하기에 내가 웃으면서 말했다.

"발을 너무 혹사했군요. 발가락도 숨을 쉬고 싶었나 봐요."

남편도 따라 웃었다.

바쁜 중에도 내 선물을 잊지 않았다. 그때 선물 제1호는 일제 삼단 파라솔이었다. 요즘 명품백과 맞먹었다. 한 뼘 정도 크기여서 앙증맞고 핸드백에 넣으면 잃어버릴 염려도 없었다.

그날 밤 잠이 오지 않았다. 식구들이 잠들자 거실로 나와 불빛에 파라솔을 폈다. 연분홍 바탕에 벚꽃이 수놓아져 있었다. 예뻤다. 봐주는 사람도 없는데 충장로 거리라 생각하고 구두를 신고 패션쇼를 했다.

유리창에 비친 헐렁한 잠옷은 추레했다. 살그머니 옷을 가지고 나왔다. 연초록 원피스를 입고 구두를 신고 파라솔을 돌렸다. 거실 창에 비친 내가 〈바람과 함께 사라지다〉의 주인공처럼 보였다.

다음 날, 남편이 저녁을 먹으며 일본 다녀온 보고를 사무실이 아닌 지사 공관에서 한다며 걱정을 하고 있었다.

"사모님 선물을 준비하지 못했는데, 어떡하지?"

"……"

나는 집에서 살림만 하던 때라 일제 물건을 어디서 파는지 몰랐다. 그렇다고 누구에게 물어볼 수도 없었다. 설거지를 하는데 묘안이 떠올랐다.

"여보, 내 파라솔 갖다 드려요."

"그건 안 돼! 결혼하고 처음 준 선물인데."

"아파트 주었잖아요."

"그래도…."

연애 시절 인정 많고 예의가 밝아 좋아한 그였다. 그날만은 조금 뻔뻔한 사람이기를 바랐으나 사람의 성품은 하루 아침에 변하지 않는다.

얼마 후 도지사가 서울로 발령이 났다. 송별회를 마치고 걷는 길에 칸나가 붉게 타오르고 햇살도 따가웠다. 나는 벚꽃 파라솔을 펴서 사모님께 드렸다. 지금도 햇살 아래 서면 그 추억이 떠오른다.

세월이 흘렀다. 남편이 유럽 여행을 다녀와 꽃자주색 파라솔을 사왔다. 안쪽 꽃무늬가 살짝 나와 화사했다. 영화에서나 나올 법한 장식용이었다. 여름날 쓰고 나가면 사람들이 예쁘다고 찬사를 보냈다.

그러나 젊은 날 사랑이 깃든 집에서 벚꽃 파라솔을 들고 패션쇼 하던 그날만큼 행복하고 가슴 설레진 않았다.

벚꽃이 필 때 일본을 간다. 여행길에서 벚꽃 향기로 가슴을 채울 것이다. 이제는 남에게 보여 주는 파라솔이 아니고 내 가슴에서 피어나는 벚꽃을 담아올 것이다.

남편이 한창 열정적으로 일하던 시절

나만의 꽃을 피워 보고 싶었다

■
■
■

결혼한 지 십 년 만의 외출이었다. 비행기는 태평양을 날고 있었다. 시간은 자정을 넘어가는데 햇살이 눈부셨고, 뒤에서 나는 아기 울음소리, 비행기 소음 때문에 잠을 이룰 수가 없었다.

70년대 중반 형제들은 미국으로 이민을 떠났고, 나는 결혼을 택했다. 그 후 남편이 공무원이 되자 이민은 꿈도 꿀 수 없었다. 언젠가 기회가 오겠지 하고 오빠가 보내 준 초청장을 이사 다닐 때마다 챙겼다.

아이 셋을 낳고 기르는 십 년 세월. 단둘이 마음놓고 외출 한 번 못했다. 추석 다음 날 친정에 가는 동서가 부러워 보름달에게 외로운 마음을 전할 뿐이었다.

그러던 차에 동기생 가족이 미국으로 연수를 떠난다는 소식이 들려왔다. 남편도 준비할 테니 먼저 가 언어를 익히라고 했다. 마치 나무꾼이 아이 셋이 되어 옷을 내주듯 친정 길을 허락해 주었다. 그 대신 이민 비자가 아닌 관광 비자로 가라는 것이었다.

큰애와 작은애가 초등학생, 막내는 유치원생이었다. 집에는 시누이와 대학생 막내 시동생이 있어 안심하고 떠날 수 있었다. 나만의 외출은 마음을 들뜨게 했고, 동생이 보내 준 비행기표는 하늘에서 내려 준 두레박 같았다.

공항에 내리니 날씨가 온화했다. 김포공항에서 눈을 맞으며 비행기를 탔는데 샌프란시스코는 봄날이었다. 사계절이 그렇다 하니 살기 좋은 곳이 분명했다. 울창한 나무 사이로 사슴들이 뛰어놀고, 새벽 거리에는 자동차가 물결치고, 대형마트는 온갖 물건들로 넘쳐났다. 우리나라에 대형마트가 없을 때였다. 가정이라는 울안에서만 살던 나는 바깥세상에 그저 입만 벌리고 다녔다.

동생들이 영어를 빨리 익히려면 성인학교(Adult School)에 들어가야 한다며 등록해 주었다. 오가는 길은 간판으로 익혀 두었다. 만일 잘못 내리면 미아가 될 테니까. 우리는 학교에서 쓰기와 문법만 배웠지 듣는 훈련이 없었다. 선생님 말이 들리지 않았다. 우리 발음은 영국식이라며 동생이 말했다.

"나는 졸업하고 바로 왔는데도 일 년간 벙어리였어. 귀가 터지려면 근 일 년을 기다려야 하니 힘들어도 참아요."

동생들도 언어 문제로 다시 한국으로 돌아갈까 고민했었다고 털어놨다.

80년 후반, 학교에서 중국 사람은 많은데 한국 사람은 눈에 띄지 않았다. 복도에서 마주친 여자가 우리나라 사람 같아 반가워서 말을 걸었다.

"한국에서 왔지요?"

그녀는 멈칫하더니 못 들은 척하고 가버렸다. 훗날 친구가 되자 말했다.

"영어를 빨리 익히려면 학교에서 우리말을 하지 않아야 해요."

친구도 생기고 학교에도 적응하고 있었다. 곧 아이들을 볼 희망으로 가슴이 부풀었다. 세 달쯤 지나서였다. 남편한테 전화가 왔다. 나주시 부시장으로 발령났으니 빨리 들어오라는 것이었다. 발령이야 남편 뜻대로 할 수 없지만 소득도 없이 그냥 갈 수는 없었다.

당시 미국은 이민자로 몸살을 앓고 있었다. 지금 초청장이 발급되면 십 년 후에나 순서가 온다고 했다. 다행히 오빠의 초청장은 십 년 전에 발급되어 신청만 하면 이민 수속을 밟을 수 있었다. 유효기간이 몇 년 안 남아 마음이 다급해졌다.

내가 이민자가 되면 아이들은 물론이고 나도 학비 없이 공부할 수 있었다. 이런 기회가 또다시 올까? 아이들 장래를 위해 현명한 선택을 해야만 했다. 그때만 해도 '기러기 아빠'란 말이 없었다. 나는 둘째치고 우리 아이들에게만은 자신의 능력을 마음껏 펼칠 수 있는 곳에서 살게 하고 싶었다. 그러나 고지식한 남편은 '이중 국적'은 절대 안 된다고 선을 그었다. 그래도 물러서지 않았다. 그이가 화를 내면서 말했다.

"안 나오면 이혼 수속 밟아 버릴 것이니 알아서 혀!"

남편은 내가 없는 동안 아이 셋을 나주로 전학시켰다. 작은 도시에서 아이들에겐 엄마의 빈자리가 부각될 것이고, 젊은 홀아비는 문제 가장으로 비칠 것이고, 승진에도 지장이 있을 것 같았다. 생각이 꼬리에 꼬리를 물었다.

마음이 불안해 오빠와 의논했다.

"동생이 공부를 더 한들 가정이 깨지면 다 무슨 소용이 있겠는가?"

오빠가 염려하는 일은 없겠지만 문제는 아이들이었다. 십 년 전에도 디자이너 꿈을 임신으로 접었다. 또 꿈을 접어야 하는 갈림길에 서 있었다. 주부라는 현실 앞에서 작지만 내 꽃을 피워 보고 싶은 여자는 수면 아래로 가라앉고 오직 '엄마'만이 남았다.

나도 한 번쯤 조명받고 싶었다

■
■
■

1976년 2월 4일 2차 행정고시 합격자 발표. 딸이 태어 난 지 5개월쯤 되는 날이었다. 남편은 집에서 기다리지 못하고 조간신문을 보려고 광주로 나갔다. 나는 라디오로 합격 소식을 들었다. 합격자 50명 중 전남에서는 단 한 명이었다. 고시에 도전한 지 7년 만이었다. 저녁 늦게 집 에 온 그이는 두 손을 쥐고 다짐했다.

"나를 합격시켜 준 나라에 이 한몸 바칠 거요."

남편의 고향은 영암군 시종면 정동이다. 이웃 마을에 서는 정동에서는 면장도 나오지 못하는 터라고 했다. 그 말 을 듣고 살아온 마을에서 그 한을 풀 듯 동네가 떠들썩하 게 잔치를 했다. 잔칫날 주인공이야 당연히 조명을 받겠지만 난 소외된 기분이었다. 부엌에서 마주친 친척이 말했다.

"아휴, 조카가 결혼하지 않았다면 부잣집에서 중매가 들어올 텐데."

나는 자신감이 있었기에 그 말에 신경쓰지 않았다.

몇 달이 지나 남편에게 말했다.

"나도 한 번쯤 조명을 받으면 안 될까?"

"당신은 내 생명의 은인. 나만 알면 되잖아."

평소에 입이 무거워 좋았는데 그때는 아니었다. 그렇다고 지난날을 내 입으로 떠들고 다닐 수는 없었다.

그러던 어느 날 남편이 사람들 앞에게 소리쳤다.

"합격의 영광을 아내에게 바칩니다."

박수를 치며 일어났다. 꿈이었다.

남편이 합격하면 내 앞길에도 주단이 깔릴 줄 알았다. 그러나 현실은 그렇지 않았다. 직급은 높지만 경력이 없어 호봉이 낮았다. 처녀 때 모아 둔 돈은 곶감 빼먹듯 그이 빚 갚고 애 키우고 생활비로 나갔다. 8년간 모은 돈이 2년 만에 바닥을 쳤다.

공무원 생활 십 년. 세월이 흘러도 생활은 나아지지 않았다. 월급의 반은 그이 활동비. 나머지로 애들과 살아가는데 숨이 막혔다. 시댁에 손을 벌릴 형편도 아니었다. 그래서 자격증을 따기 위해 밤낮으로 4년간 공부해 유치원 2급 정교사 자격증을 손에 쥐었다.

광주에서 살 때였다. 상무지구가 개발중이었다. 유치원 부지를 보러 변두리를 돌아다녔다. 유치원 원장들 말이, 내 땅만 있으면 정부에서 보조를 많이 해 준다고 했다. 몇 날 며칠 땅을 보러 다녔다. 어느 날 늦게 집에 들어가니 일찍 들어와 있던 남편이 나를 붙잡고 말했다.

"유치원 하려면 이혼하고 해요."

"……."

"제발 부탁인데 내 건강 챙겨 주고 아이들 뒷바라지만 해 줘요."

남편 건강 챙기는 일을 남들은 결혼하고 하는데 나는 결혼 전부터 했다. 그 굴레에서 벗어나고 싶었고 생활비도 벌어야 했다. 공무원 월급으로 아이 셋 대학 교육이 걱정이었다. 또 내 명함도 갖고 싶었다.

그이는 또 이혼 카드를 들고 나왔다. 두 번째였다. 내 나이 사십 대 중반. 가족을 위해 백기를 들어야 했다.

남편이 서울로 발령나 우리도 아파트에 입주했다. 생활이 안정되었다. 친구들이 운전면허증 따기에 바빴다. 나도 그 대열에 끼고 싶어 남편에게 말했다.

"당신은 심장이 약해 운전하면 안 돼. 내가 평생 태우고 다닐게."

남편의 설득에 또 그만두었다.

그러나 그이 지위가 높아지고 존경받을수록 나는 점점 외로워져 갔다. 둑길에서 코스모스와 춤추던 시절이 마냥 그리웠다. 남편의 성공이 나의 성공이라 착각하고 있을 때였으니까.

'인형의 집' 노라처럼 집을 뛰쳐나가지 못하고 늘 속으로 외쳤다. 그이의 인형이 아닌 '나'로 살고 싶다고.

남편에게 처음 받은 꽃다발

사진을 정리하다 보니 살아온 세월만큼 많이도 쌓였다. 한 장씩 추억을 더듬는데 그이와 다정하게 찍은 사진이 별로 없었다. 둘이서 해외여행 한 번 못 갔으니 그럴 수밖에.

밑에서 액자 하나가 삐죽이 나왔다. 액자 사진에는 꽃다발을 든 내 곁에 남편이 서 있지 않은가. 나는 그 속으로 빨려 들어갔다.

그이와 나는 친구였고, 사랑으로 이어져 결혼했다. 신랑이 공부 중이라 남들이 말하는 신혼 시절은 없었다. 지방에서 일할 때는 아이들과 바닷가, 놀이공원도 가곤 했는데, 서울에서는 일에 파묻혀 퇴근도 늦고 설혹 시간이 난다 해도 교보문고에서 살았다. 나는 살림하랴 아이 셋

키우랴 책 볼 여유가 없었다. 그러는 동안 우리 사이에 틈이 점점 벌어져 둑이 터지기 일보 직전이었다. 남편이 지나가듯 말했다.

"소인이 대인 마음을 어떻게 헤아려."

내 귀에는 '당신과 소통이 안 돼'라고 들렸다. 안 그래도 TV로 강의를 들을 때 이해가 안 되는 부분이 있어 부족함을 느끼고 있었는데, 그이도 그것을 감지한 모양이었다. 결혼 15년. 권태기가 올 사십 대 초반이었다.

그럴 즈음 친구 순자가 방송통신대 원서를 가지고 와서 "우리 같이 공부해 유치원 하나 설립하자"면서 유아교육과를 평균 B학점으로 졸업하면 '교사 자격증'을 준다는 것이었다.

솔깃했다. 순자는 유치원을 경영하는 친구가 있었다. 나는 배움에 목말라 있었고, 돈도 벌어야 할 처지였다. 우린 의기투합했다.

서울 유아교육과는 경쟁이 치열해서 광주로 원서를 냈다. 합격했다. 학비는 비싸지 않고, 집에서 살림하면서 공부할 수 있는 장점이 있었다.

며칠 후 커다란 상자가 도착했다. 그 속에 책 7권과 강의

테이프 7개가 들어 있었다. 그것을 보자 덜컥 겁이 났다.

신입생 오리엔테이션에 다녀왔다. 선배들은 하나같이 스터디 그룹을 만들어 공부하라고 했으나, 나는 그들과 어울릴 수 없었다. 교통비도 아껴야 할 형편이었다.

교과서는 국어, 영어, 국사, 심리학, 철학, 문화인류학, 유아교육학개론. 전공과목은 하나뿐이고 모두 인문학 책이었다. 책 분량도 대부분 3백여 쪽. 글씨가 깨알같았다.

남편과 아이들 학교 보내고 먼저 국어책을 폈다. 한 시간에 30쪽을 읽었다. 오전에 3시간, 오후에 4시간 보면 얼추 이틀이면 한 권을 끝낼 수 있을 것 같았다. 문제는 영어였다. 단어 하나하나를 찾아야만 했다. 다른 과목에 비해 거북이걸음이었다. 시장을 가거나 부득이 외출하거나 빨래할 때는 녹음기로 강의를 들었다.

국어책을 다 읽고 첫 장부터 다시 읽어 나갔다. 그런데 어찌된 일인지 읽었던 내용이 하나도 기억나지 않았다. 고등학교를 졸업하고 이십여 년 만에 든 교과서. 더구나 실업학교를 졸업했으니 인문 과목은 말이 아니었다. 책을 던져 버렸다. 나뒹구는 책을 보니 남편과 애들 얼굴이 떠올랐다. 다시 책을 들었다. 나중에는 심리학, 철학은 책만 보면 머리가 지끈지끈 아팠다. 또 던졌다. 그러기를 반복했다.

다시 책을 들었다. 한 달쯤 지나서였다. 일찍 들어온 남편이 말했다.

"여보, 자자. 공부 안 한다고 누가 뭐래? 왜 사서 고생해."

그 순간 열이 올랐다. 큰 소리로 대답했다.

"만일 내 공부 방해하기만 해. 죽어서라도 복수할 테니까."

스스로 독해져야 가까스로 잡은 마음이 흐트러지지 않을 것 같았다. 자기는 코피 흘려가며 공부해 놓고 나는 무식하게 살란 말인가. 하긴 결혼 전에 방통대 공부하다 말았고, 피아노도 그랬고, 나주에서는 붓글씨를 쓰다 그만두었다. 사십 평생 살면서 남편 고시 뒷바라지한 것 외에는 나 자신에게 성취감을 느껴 본 적이 없었다.

그러나 이번만은 달랐다. 책을 보는데 모르는 것이 너무 많았다. 나를 알지 못하고 남편에게 큰소리쳤던 지난 일이 부끄러웠다. 책을 보면서 이걸 끝내지 못하면 죽어서도 한이 될 것 같았다. 남편이 서운하게 할 적마다 '당신 뒷바라지 누가 했는데'라고 소리치고 싶었으나 내가 초라할 것 같아 참고 참았다. 이제 남을 위해서가 아니라 내 자신에게 투자할 나이였다.

그 사건 후 남편은 내 눈치를 살폈고, 나는 책에서 이해 안 되는 내용을 그이에게 도움을 청했다. 그러자 "나도 1학년 때 법학개론 읽는데 그랬어" 하고 공감해 주며 첨삭해 주었다. 천군만마를 얻은 기분이었다.

남편이 광주로 발령났다. 우리도 따라갔다. 길에서 우연히 고등학교 은사님을 만났다. 대학에서 영어를 가르치고 계셨다. 이야기 꺼내기가 쉬웠다.

"선생님, 심리학과 철학이 어려워요."

"몇 번 읽었는데?"

"세 번요."

"열 번은 읽어야제. 나도 '국어과' 시작했는데 열 번 읽을 거네."

선생님 말씀을 듣고 '예전에 사랑에 미쳤듯이 이번에는 공부에 미쳐 보는 거야' 하고 마음을 다졌다.

책을 30쪽씩 접어 가며 읽는데 남편이 지나가다 물었다.

"그 공부법 누구한테 배웠어?"

"혼자 터득했지."

"그거 고시생들 전용인데. 우리 마누라도 진즉 고시 공부 시킬 걸."

책 뒷장에 몇 번 읽었다는 표시를 보며 말했다.

"우린 데모로 휴강하면 다 배우지 않고 시험 봤어."

통신대가 일반대보다 책을 훨씬 더 많이 읽는다고 인정했다.

8월 첫 주에 시험이었다. 그래서 7월은 3월부터 공부한 걸 총정리해야 했다. 더위와 싸우며 한 권씩 끝냈다. 영어는 반쯤 했는데 아직도 갈 길이 멀었다. 그 시간을 다른 과목에 할애하고 재시험을 보자, 영어를 제쳐 버렸다.

시험은 오전과 오후, 하루에 전 과목을 봤다. 마치 입학 시험 보는 날 같았다. 오전 시험은 끝났고, 오후 첫 시간이 영어였다. 시험장을 나가려다 출제 방식이 궁금했다. 문제를 읽어 나갔다. 그런데 뇌가 답을 알려 주는 게 아닌가! 알려 준 답은 체크하고 모르는 답은 찍었다.

다음 날은 교수님이 강의하는 날이다. 일찍 학교에 갔는데 어제 본 시험 답안지가 벌써 나와 있었다. 제일 먼저 영어를 채점해 보았다.

"영어, F 안 먹었다!"

기쁜 나머지 큰소리치고 말았다. 그러자 내 나이 또래 학생이 다가왔다.

"난 K여고 졸업했는데 자긴 어느 학교 졸업했어? 난 더위에 속옷만 입고 공부했는데도 도저히 못 따라가겠네."

나는 미소로 답했다.

남편의 응원 속에 2학기도 무난히 마쳤다. 2학년도 그렇게 공부했다. 3학년 때는 다섯 번 읽으면 A, 세 번 읽으면 B학점이라는 공식이 나왔다. 광주 생활은 바빠 공부에만 전념할 수가 없었다. 그러나 내 방식을 계속 적용해 4년을 마쳤다. 드디어 '2급 정교사 자격증'을 받았다.

졸업식은 서울에서 한다기에 서둘러 새벽차를 탔다. 체육관에는 전국에서 온 졸업생과 가족들로 꽉 차 있었다. 서울 사는 순자가 먼저 와 내 가운과 모자를 받아 놓았다. 남편이 꽃다발을 안겨 주며 말했다.

"그동안 수고했어."

남편에게 처음 받은 꽃다발이었다. 우리는 기념사진을 찍었다.

한국방송통신대학교 졸업식장에서

내 값어치가 얼마야

어느 가을날, 남편이 자주색 골프백을 들고 왔다. 여자 것임을 직감했다. 그걸 보는 순간 묻지도 따지지도 않고 소리부터 질렀다.

"뭔 골프채여? 나 운동 못하는 줄 알면서."

"레슨이나 받아 봐."

선배가 노후에 취미가 같아야 가정이 편안하다고 권유했다는 것이다. 그래서 싼 골프채를 샀다고 했다. 나는 운동을 못하는 것이 아니라 피해 왔다. 그 연유는 친정엄마 때문이었다.

열한 살 때였다. 방과 후 친구들과 신나게 시소를 타다가 맞은편 한 친구가 갑자기 뛰어내리는 바람에 반대편에 있던 우린 '우르르' 앞으로 쏠렸다. 그때 엉겁결에 손으로 땅을 짚었다. 오른팔이 뚝 부러졌다.

친구들이 집으로 달려가 엄마를 모셔왔다. 그 시절 정형외과는 대학병원에만 있었다. 동네 할머니한테 갔다. 뼈를 이리저리 맞추고 나무 판때기를 대고는 보자기를 목에 걸어 주었다. 다음 날도 갔다. 엄마는 저녁마다 치자물로 밀가루 반죽을 해서 내 팔등에 붙였다.

잠잘 때도 팔을 신주단지 모시듯 했다. 엄마 정성으로 뼈는 잘 붙었고, 근 한 달 만에 학교에 가는데 엄마가 다짐을 두었다.

"넌 평생 팔을 애껴야 한다, 잉."

오늘날까지 팔운동은 그림의 떡이었다. 그래서 골프채 등장에 놀란 것이었다. 또한 공무원 월급으로 둘이 골프를 친다는 것은 무리였다.

남편 퇴직을 앞두고 우리는 용인으로 이사했다. 사람들은 용인을 골프 8학군이라 불렀다. 하루는 사촌 동서가 놀러와 골프를 배운다며 자랑하듯 말했다.

"나도 골프채 있는디, 배울까?"

동서는 뜸도 들이지 않고 대답했다.

"형님은 늦었어요. 난 아들이 일제 골프채를 사다 주는 바람에 배운 거예요."

"그랑가, 오십 대 중반이면 늦었제."

그리고 일 년이 흘렀다. 사촌 내외와 시동생 내외 사촌들과 콘도로 놀러갔다. 거실에서 고스톱판이 벌어졌는데 동서는 우리와 어울리지 않고 일찍 방으로 들어갔다.

불빛에 눈을 떴다. 동서가 화장을 하고 있었다. 그이랑 시동생 친구랑 골프를 친다는 거였다. 홍일점. 골프복을 입은 동서는 생동감이 넘쳐 보였다.

"징하게 예쁘네, 나도 시방이라도 배울까?"

"아따, 형님은 늦었당께요!"

"그랑가, 시작하기엔 늙었제."

한 번 권해 보지도 않고 무 자르듯 싹둑 자르고 나갔다. 자는 줄만 알았던 친동서가 한마디 했다.

"형님, 안 늦었어요! 배워서 시숙님하고 치세요."

"자네 생각도 그랑가?"

골프 치는 남편에게 신경이 가 있어 마음이 편치 않았다. 집으로 오는 길에 그만 선언을 하고 말았다.

"나도 골프 배울 거야. 하다 못하면 그만두더라도."

다음 날 학원에 등록했다. 한 달쯤 지나 남편이 말했다.

"잘못 배우고 있구먼. 내가 가르쳐 줄게."

남편은 지하 연습장에서 나에게 레슨비를 받고 정식 사부가 되었다. 그는 혼자 터득한 기법으로 장타에 싱글이었다. 하지만 잘 친다고 잘 가르치는 것은 아니다. 골프도 기능이다. 채 하나 하나에 스윙을 익히고 근육이 생긴 후 드라이버를 잡아야 하고, 그 과정을 거쳐야만 했다.

그러나 사부님은 나이 많은 제자 허리가 망가지는 줄 모르고 공을 멀리 보내는 기술에만 치중했다. 여자는 골프는 못 치더라도 폼이 멋있어야 하는데 말이다.

일요일이면 현장실습을 나갔다. 파 쓰리였다. 골프나 운전은 남편에게 배우지 말라 했던가. 아니나 다를까, 앞 팀 부부가 한바탕 싸우더니 부인이 채를 던지고 가버렸다.

골프는 자연과 나 자신과의 싸움이다. 바둑이 교실에서 하는 머리 운동이라면 골프는 필드에서 하는 머리와 육체 운동이다. 골프를 배울수록 스릴 있고 바둑보다 더 재미있었다. 구십이 넘어 필드를 누비는 사람도 있다고 한다. 동서는 이렇게 재미있는 운동을 왜 말렸을까? 진즉 배우지 못한 것이 후회스러웠다.

고향 형님이 머리를 올려 준다고 했다. 필드는 처음이었다. 산속 언덕에는 꽃이 만발하고, 분수대에서는 무지개가 피어올랐다. 무릉도원이 따로 없었다. 그제야 남편이 꼭두새벽에 골프장에 나가는 이유를 알 것 같았다. 산악인이 목숨 걸고 산을 찾듯이 말이다. "부산까지 걸어서는 못 가지만 공을 치면서는 갈 수 있다" 한 골프 마니아의 말이다.

선배 부부와 어울리는 날이었다. 그날따라 공이 잘 맞았다. 파 쓰리에서 7번 우드로 친 공이 홀인원을 할 뻔했다.

"나이스 샷!"

뒤에서 남편이 소리쳤다. 버디는 처음. 남편은 같이 간 동료들에게 선물까지 돌렸다. 행복한 순간이었다. 집에 가는 길에 사부님이 졸지 않도록 좋아하는 노래를 불러 주었다.

부부가 나이 들면서 할 말이 별로 없다. 그런데 취미가 같으니 채널가지고 싸울 일도 없었다. 그이가 골프 치고 온 날은 성적표를 보며 의견을 주고받았다. 전에는 말을 해도 소 귀에 경 읽기였는데, 좋은 성적표를 받아오는 날에는 같이 즐거워했다. 연애 시절로 돌아간 기분이었다.

그러던 어느 날 사업하는 친구가 말했다.

"요즘엔 어중이떠중이 다 골프를 친당께! 연금가지고 둘이 치겠어?"

"그래, 한 번 가는 데 이십이라 치고, 봄가을로 열 번 가면 이백, 십 년이면 이천. 내 나이 팔십이 되려면 앞으로 이십 년. 이십 년이면 얼마야? 겨우 사천."

내 값어치가 그 정도도 안 된단 말인가?

남편이 병석에 있을 때였다.

"당신 없으면 못 살아요."

"내가 가르쳐 준 골프 있잖아. 그걸 치면 살 거야."

"……."

그이의 마지막 말이 떠올라 나는 지금도 골프채를 놓지 않고 있다.

3_ 꽃무늬 원피스 다시 입다

외로이 떠 있다 떨어진 별

■
■
■

1. 투병 생활

겨울이 끝나가던 일요일 아침. 남편이 배를 움켜잡고 울부짖었다. 응급실에서 진정제를 맞고 집에 돌아왔다. 오후에 다시 비명이 터졌다. 택시기사는 고통스러워하는 그이에게 큰 병원으로 가라고 말했다.

"지난주 강북 S병원에서 피검사와 CT를 찍었는데 별 이상이 없었어요."

말은 그렇게 했으나 통증이 멈추지 않자 가까운 병원에 입원해 검사에 들어갔다. 담낭에 악성종양이 있다는 결과가 나왔다.

소견서를 가지고 서울○병원으로 갔다. 재검사를 받는 동안 나를 못 오게 하고 입원을 했다. 병원에 가면 가끔 외출하고 병실에 없어서 나이롱환자인 줄 알았다. 지금 생각하니 사무실에 급한 일을 정리하러 갔던 모양이다.

며칠 지나 남편이 나를 불렀다. 병실에 들어서니 공기가 싸했다. 그리고 보온병 손잡이가 박살나 있었다. 그동안 병원에 못 오게 한 이유도, 보온병이 깨진 이유도 수술 전날에야 알았다. 의사가 말했다.

"담낭암 말기입니다."

사위는 알고 있었으나 장인의 엄포에 입을 꾹 다물고 있었다. 암은 곧 죽음이었다. 그 소리를 듣고 눈물을 훔치는데 옆 사람이 눈치 챈다며 마음놓고 울지도 못하게 했다.

수술하는 날, 침대를 잡고 따라가니 오지 말라며 손사래를 쳤다. 혼자 계단에 앉아 기도하는데 보호자를 찾는 소리가 들렸다. 가슴이 철렁했다.

"담낭은 떼어 냈고, 혈관에 전이된 암도 긁어냈고, 다음에 방사선 치료를 하면 됩니다."

그때는 방사선 치료가 구세주인 줄 알았다.

수술은 잘 되었다. 옆방에서 여러 사람이 기도하는 소리가 들렸다. 부러웠다. 나도 기도의 힘을 빌리고 싶었다. 친척들과 지인들에게 알리자 했더니 창가로 끌고 가 단호하게 말했다.

"암수술 받았느냐는 전화가 오는 즉시 9층에서 떨어져 버릴 거다. 공무원 생활 30년, 나라를 위해 일했고, 일하다 생을 마친 '김광진'으로 남을 거야."

그리고 시동생과 아이들에게도 당신 뜻을 전하라고 했다. 사람들은 병을 자랑하라는데, 그인 병이 '치부'인 양 또 외로운 투병 생활을 하려는 것이었다.

의사 지시를 따르면서 식이요법을 열심히 했다. 3개월 후 모든 수치가 정상으로 나왔다. 우리는 두 손을 잡고 환호했다. 그리고 그동안 먹고 싶어하던 청진동 해장국 집으로 갔다.

하지만 기쁨도 잠시. 방사선은 사람을 무기력하게 만들고, 운동으로 다져진 근육을 녹여 버렸다. 평소에 냄새를 잘 맡아 개코라 불리던 그가 음식을 한사코 거부했다. 환자가 음식을 못 먹으니, 그것이 나에게는 형벌이었다. 혼자 견디기 벅차 미국 큰언니한테 하소연했다.

"나 우울증에 걸릴 것 같아."

"아니, 노래 교실도 다니고, 김 서방과 골프도 친다면서 웬 우울증?" 혹시 김 서방 바람난 거 아니니?"

차라리 바람이라도 났으면 싶었다. 암과 싸우고 있을 줄 상상도 못하는 언니. 미국 가기 전 우리 집에 왔을 때 작은언니 주라고 금일봉까지 챙겨 준 남편. 수술 후 체중이 빠지지 않아 언니가 눈치 채지 못했다. 큰언니가 알면 미국 형제는 물론 친정이 발칵 뒤집히는 것은 시간문제이기 때문이었다.

남편의 외로운 투병 생활은 B형 간염을 시작해 폐결핵, 그다음은 C형 간염이었다. 그 사실을 부모님과 형제는 물론 친척들까지도 모른다.

C형 간염을 앓고 난 후 운동만이 살 길이라 생각했다. 아침이면 테니스장에서 땀을 뻘뻘 흘리고, 나중에는 골프도 같이 했다. 두 가지 운동 또한 몸에 무리였을 것이다. 옷장에는 신사복보다 운동복이 점점 늘어났다. 누가 보면 운동선수 집이라 생각할 정도였다. 그렇게 운동을 열심히 했는데 육십 고개에 암이라니?

2. 마지막 키스

방사선 치료 중에 림프에서 혹이 발견되었다. 낮에는 항암주사, 저녁에는 약을 먹었다. 약이 들어가면 열이 올랐다. 얼음수건으로 몇 번 몸을 감싸주면 열이 내렸다. 남편은 "당신, 수고했어" 하고 잠이 들었다. 나는 산으로 들어가 요양하기를 원했으나 다음 날 언제 그랬냐는 듯 출근하는 남편을 바라볼 뿐이었다.

'말을 강가로 끌고 갈 수는 있어도 물을 먹일 수는 없다.'

간호하는 동안 내내 입에 달고 산 말이었다.

차츰 위급한 상황이 자주 오고 응급실에 가는 횟수가 늘어났다. 그날은 응급실에 침대도 없고 특실도 없다는 것이었다. 괴로워하는 환자가 안돼 보였는지 간호사가 종이상자를 가져왔다. 그 상자를 깔고 누웠다. 그 모습에 만감이 교차했다.

10여 년 전, 시댁 작은아버지가 지방 대학병원에서 심근경색 시술을 받다가 실패해 구급차에 실려 서울로 왔다. 서울대병원에는 환자가 바닥에 줄지어 있었다. 마치 피란민 수용소처럼. 작은아버지를 그곳에 둘 수가 없었다. 남편에게 SOS를 쳤더니 신촌 S병원으로 가라는 것이었다. 응급실은 한산했다. 수속을 밟고 바로 입원실로 올라갔다.

그때와는 다르게 남편의 지위가 높아져 주위에 전화 한 통이면 입원실을 구해 줄 지인이 많았다. 그들에게 자신의 초라한 모습을 보여 주기 싫어 차디찬 바닥에서 내 눈길을 피하고 있어 애간장이 탔다.

응급치료를 받고 집에 온 남편은 주변 정리를 하기 시작했다. 자신이 마련한 선산으로 시아버지를 모셔오고 폐허가 된 고향집도 수리했다. 그리고 두 시누이에게 금일봉을 주고 조카에게는 대학등록금을 주었다는 사실을 그이가 가고 난 뒤 통장을 보고서야 알았다.

단풍이 물들고 있었다. 또 응급실에서 위급 상황을 넘기고 병실로 올라갔다. 그이는 1인실은 답답해했다. 한강이 보이는 특실로 옮겼다. 며칠을 그렇게 있으니 병원에서 호스피스병원을 알아보라고 했다. 큰언니와 여기저기 알아보러 다니는 사이, 신부님이 종부성사를 하고 가셨다. 그이는 의사 회진 때마다 말했단다.

"연명 치료를 하지 말고 보내 주시오."

아들은 그런 아버지를 바라보며 괴로워했다. 그리고 아버지가 부탁했다는 말을 나에게 전했다.

"내 묘는 봉을 하지 말고 평장으로 해라."

미국에서 온 큰언니가 일주일 동안 남편을 지켜보더니 "김 서방은 전생에 도인이었지 싶다. 그런데 사후에 지인들의 원망을 어떻게 감당하려고 지금까지 아무 말도 하지 않고 있니?" 했다. 그 말에 정신이 번쩍 들었다.

그이 손때 묻은 수첩을 꺼내 지인들에게 연락을 했다. 그런 나를 남편은 원망스런 눈길로 보고 있었다. 소식을 듣고 달려온 선배 장관님에게 말했다.

"죄송합니다, 이런 모습을 보여 드려서."

친구들에게는 알리지 않으려 하다가 나중에 서운해할 것 같은 생각이 들었다. 수첩에서 이름 찾느라 더듬거리는데 그이가 몇 장 넘겨 몇째 줄에 누가 있다고 알려 주는 것이 아닌가. 그동안 얼마나 외로웠을까. 그이의 애창곡 '남자라는 이유로'는 그이 심정을 대신하는 듯하다.

언제 한번 가슴을 열고
소리 내어 소리 내어 울어 볼 날이

남자라는 이유로 묻어 두고 지낸

그 세월이 너무 길었어.

그날 저녁 형제들이 다 모였다. 시누이가 찬송가를 부르고 기도를 하는데, 내게 입술을 내밀었다. 산소마스크가 막았다. 그것을 벗고는 입맞춤을 했다.

간절한 눈빛에 그가 하고 싶은 말이 다 담겨 있었다.

'수고했어. 애들하고 잘 살아.'

마지막 키스였다.

남편은 다음 날 오전 10시 잠자듯 평화로운 모습으로 저세상으로 갔다. 사람들은 고향에 돌아와 큰일을 해야 할 별이 떨어졌다고 두고두고 슬퍼했다.

영암군 시종면 '면민의 날' 가마를 타다.

그이의 마지막 작품

■
■
■

삼십여 년 전 남편이 영암군청으로 발령이 났을 때였다. 정읍에서 사업하는 작은아버지가 군수 집이 너무 초라하다며 시어머니께 삼백만 원을 보냈다.

남편은 망설이던 끝에 집을 개축하기로 마음먹었다. 지붕은 기와로, 부엌은 입식으로, 부엌 옆에 목욕탕 겸 화장실을, 마루에는 유리창을 달았다. 집수리는 끝이 없었다. 결국 육백만 원을 더 들여 마무리지었다.

증조부모님 제삿날에는 시아버지 칠 남매가 모이고, 남편 형제들이 모이고, 동네 친척들까지 모이면 잔칫날 같았다. 예전에는 방이 모자라 큰집에 가서 잤는데, 이제는 그러지 않아도 되었다.

어느 날 남편은 트럭에 나무를 가득 싣고 동산에 있는 밭으로 갔다. 둘레에는 매실나무를 심고 안에는 단감나무, 대봉나무를, 안쪽 가장자리에는 대추나무 등 백여 그루를 심었다. 어머니를 위한 과수원이고 텃밭이고 놀이터였다. 그리고 삼 년 후 남편이 서울로 발령이 나 우리는 고향을 떠났다.

어머니는 과수원에서 살다시피 했다. 딸들이 손주 좀 봐 달라고 부탁해도 논밭에 자식들이 자라고 있다며 집을 한 번도 떠나지 않았다. 어머니는 그 어느 때보다 풍족하고, 행복하고, 평화롭게 노년을 보내고 계셨다.

그런 어머니 곁에는 입안의 혀처럼 구는 사촌이 있었다. 아들 몰래 보증을 서 주었다. 한 번은 막아 주었으나 두 번째는 금액이 컸다. 부도가 나고 폭풍이 몰아쳤다. 조상 때부터 내려온 논과 밭, 과수원 모두 다른 사람에게 넘어갔다. 그 충격으로 어머니가 쓰러졌다. 실핏줄이 터져 망막을 가렸다. 의사는 연세가 있으니 뇌수술을 권하지 않았고, 어머니도 한쪽 눈은 잘 보인다며 한사코 거절하셨다.

그 후 창호지에 물 스며들 듯 어머니 성격이 조금씩 변해 갔다. 치매가 시작된 것이다. 검사를 받기 전에는 아무도 몰랐다. 더 이상 혼자 생활할 수 없게 되자 아들딸의 보살핌을 받다가 광주 시누이 집과 가까운 요양원으로 옮겼다.

어머니가 안 계신 집은 비바람에 병들어 가고 마당에는 잡초가 주인 노릇을 하고 있었다. 그런데 갑자기 남편에게 병마가 찾아왔다. 그이는 퇴락해 가는 시골집과 자신을 동일시하는 것 같았다. 어머니 앞에 자식이 먼저 가는 것도 불효인데 집을 방치해 두는 것 또한 불효라 생각했는지 집수리를 서둘렀다.

집수리는 고향 친구 석주에게, 짐 정리는 광주 시누이 정숙에게 맡겼다. 집을 고치는 동안 병을 잊은 듯했다. 수리비가 집값보다 더 들었다. 그런 정성에도 불구하고 남편은 걸어서 고향에 못 가고 병원에서 운명했다. 운구차에 실려 골목에 들어서는데 시골 당숙이 막았다.

"객사한 사람은 집에 못 들어가네."

막내 시동생이 울면서 밀치고 들어갔다. 마당과 안방에는 많은 조문객들이 있었다. 광주와 영암에서 온 지인들이 떠나는 그를 배웅하기 위해서 기다리고 있었다. 시누이 미숙이가 광주에서 음식을 장만해 와서 대접했다.

그는 이곳에서 형제들이 모이기를 바랐을 것이다. 집은 그이의 마지막 작품이 되고 말았다. 그곳에서 삼우제까지 지내고 내가 말했다.

"유품 잘 관리하는 사람에게 집 줄게요."

서울에서 영암까지는 너무 멀다. 아들이 시골에 내려갈 적마다 유품을 날랐다. 광주 시누이는 오빠의 삼십 년 공직생활 기념패를 책장 안에 진열해 놓고, 막내 시동생은 안방에 조부모, 아버님 사진을, 그 옆에 남편 사진을 걸었다. 거실에는 고향 후배가 쓴 추모시도 걸려 있다. 더 일해야 할 선배가 떠나서 애달파하는 시다. 그 앞에 서면 항상 가슴이 뭉클해진다.

시누이가 요양원에 들르면 어머니는 아들을 찾았다. 그럴 때마다 말했다.

"아따, 큰오빠는 바쁘당께요."

"응, 그라냐."

시누이는 아무것도 모르는 엄마를 모시고 가끔 시골집에 갔다. 여름에는 모닥불을 피우고 평상에 앉아 감자를, 겨울에는 고구마를 먹으며 친척들과 회포를 푸셨다. 화창한 날에는 지팡이를 짚고 딸과 함께 동산에 앉아 꿈꾸듯

밭을 바라보셨을 것이다. 봄에는 매화꽃이, 가을에는 붉은 감이 동산을 물들이고 지나가는 동네 사람들과 홍시를 따 먹으며 정담을 나누던 곳이었다.

새 주인은 나무를 다 베어 버렸다. 어머니 꿈만 아니라 남편의 꿈도 베어졌다. 그 후 남편은 다시는 고향에 가지 않으려 했다. 그리고 용인과 강원도를 돌며 시아버지 묘를 옮길 자리를 보러 다녔다.

아프면 고향이 그립다 했던가. 고향 생각에 잠 못 이루는 날이 많았다. 생각 끝에 집수리를 결심했던 것이다.

이제는 추석이 다가오면 시동생들이 새로 고친 시골집으로 모인다. 예전에 아버지들이 그러했듯이 시동생과 사촌 형제들 그리고 조카들이 한자리에 모여 이야기를 나누고 새벽에 벌초를 하러 간다. 큰시누이는 시댁 형님과 친정에서 하룻밤 묵고, 작은시누이도 딸과 사위를 데리고 조상님께 다녀온다.

이제 시골집은 자손들로 인해 쓸쓸하지 않다.

운명이었을까요

세찬 바람에 얼굴이 시렸다. 몸을 움츠리고 건널목을 지나는 순간, 하얀 자동차가 나를 쳤다.

"아! 아! 악!"

뒤로 떨어졌다. 머리를 잡고 신음하자 운전석에서 다급히 내린 여자가 나를 태우고 병원으로 향했다. 신호등에 차가 멈출 때마다 그녀는 기도를 했다.

응급실에 도착해 각종 검사가 시작되고 소식을 들은 아들딸이 달려왔다. 한참 후에 의사는 복부 출혈도 없고 머리도 괜찮고 뼈도 부러진 데가 없으니 퇴원하라는 것이었다. 황당했다. 새벽 2시에 아픈 몸을 이끌고 집으로 왔다.

피곤한지 바로 잠이 들었다. 일찍 눈이 떠졌다. 그날은

〈꽃무늬 원피스 다시 입다〉를 발표하는 날이었다. 들뜬 마음에 허리가 아픈 줄 몰랐다. 물소리에 아들이 일어나 외출복을 입는 나를 보더니 눈이 휘둥그레졌다.

"벌써 병원 가시게요?"

"아니, 공부하러. 머리는 안 터졌으니… 좀 데려다 줘."

"그 몸으로요? 안 돼요!"

아들은 병원으로 직행했다. 내 기세는 서리 맞은 배추잎처럼 처지고 말았다. 입원은 난생처음. 긴장감이 풀렸는지 몸 여기저기가 아파왔다. 목과 허리에 침을 맞고 물리치료를 받고 침대에 누워 천장을 보고 있으니 첫 번째 사고가 어제 일처럼 생생하게 떠올랐다.

7년 전이었다. 남편이 저세상으로 가고 몇 달 지나서였다. 빨래통에 섬유 유연제를 넣고 그 물이 아까워 베란다 청소를 했다. 그리고 TV를 보는데 빨래를 꺼내지 않았다는 생각에 급하게 슬리퍼를 신는 순간 쭉 미끄러졌다. 뒤통수를 찧었다. 한참 만에 일어났는데 머리가 띵했다. 뒷동 형님이 한걸음에 달려와 물었다.

"머리는 괜찮아요? 속은 울렁거리지 않아요?"

머리는 띵했으나 속은 아무렇지 않았다. 그때 1cm 차이로 모서리에 머리를 찍혔더라면 뇌진탕이 될 뻔했다. 기술적으로 떨어졌다는 것을 다음 날 엉덩이와 등판에 생긴 시퍼런 멍을 보고서야 알았다. '아직은 갈 때가 아니다'라고 보이지 않은 손이 받아 준 것 같았다.

사고는 예고가 없다. 특히 교통사고는 순간적이다. 말한마디 못하고 세상을 떠날 수 있다. 병상에 누워 있으니 오만 생각이 지나갔다. 특히 예전에 역술가에게 듣고도 미연에 방지하지 못한 남편 일이 나를 괴롭혔다.

사십 대 초반이었다. 사촌 시누이가 직장을 그만두고 사업을 구상 중이었다. 어느 날 내게 물었다.

"언니, 점 잘 보는 집 알아요? 어떤 직종이 내게 맞을까 알고 싶어요."

광주에서 유명하다는 집을 찾아 나섰다.

시누이에게 음식 장사를 하면 돈을 벌겠다는 점괘가 나왔고, 그 말이 녹음된 테이프를 주었다. 역술가는 자신감이 넘쳤다. 남편의 앞날이 알고 싶었다.

"오빠도 한 번 볼까?"

그이 생년월일을 넣고 기다렸다.

"이분은 쉰셋부터 사주가 안 나오네."

우리는 깜짝 놀랐다. 그녀는 우리가 시누이 올케 사이라는 걸 알고는 당황했다. 녹음된 테이프를 지우고는 더이상 봐주지 않았다. 천기누설을 한 셈이었다. 시누이가 한마디했다.

"순 돌팔이야! 믿을 것이 못 돼."

그 후 우리 입에는 자물쇠가 채워졌다. 그리고 많은 세월이 흘렀다.

남편이 쉰셋 되었을 때 황달이 왔다. 암일지 모른다는 의사 말에 날마다 눈물로 베개를 적셨다. 결과는 C형 간염. 담낭이 나빠도 황달이 온다는데, 그 병원에서는 그걸 찾지 못했다. 그게 암의 예고편이었을까?

퇴원 후 뿌리채소를 달이고 간에 좋다는 붕어즙과 간 수치 내리는 데 장어와 콩이 좋다는 의사 말에 열심히 해주었다.

그이는 운동만이 살 길이다 생각했는지 새벽에 일어나 테니스장에서 뛰고 출근했다. 팔에 근육이 생기고 건강도 좋아지고 직장일도 잘 풀렸다. 우린 병을 이겼다는 자만심이 컸다. 그리고 역술가 말이 틀렸다고 확신하게 되었다.

하지만 인생길은 올라가면 내리막이 있듯 우리에게도

좋은 일 뒤에 액운이 닥쳤다. 회갑을 앞두고 남편은 정치 회오리에 말려들었다. 시어머니마저 치매가 심해 거동이 불편했다. 나뿐만 아니라 친척이나 형제들도 병든 시어머니에게만 관심을 쏟았고, 아직 젊고 건강한 그이는 뒷전이었다.

남편은 억울함에 혈압이 올랐고, 분노로 잠을 설쳤다. 스트레스는 육체를 좀먹어 갔다. 시간이 흘러 명예를 찾았을 때는 건강을 되돌릴 수 없게 되었다. 남편에게는 목숨보다 명예가 더 컸던 것이다.

'산에 들어가 세상이 조용해지면 그때 명예를 찾아도 되는 것을.'

이 한마디 강력하게 하지 못한 것이 회한으로 남아 있다.

사람이 혼자 사는 것 같지만 하늘이, 조상이 하다못해 귀신이라도 도와주어야 한다고 어른들이 말한다. 그 해에는 우리를 도와주는 이가 아무도 없었다. 오직 악재만이 우리를 괴롭혔다. 그 악재 속에서 나도 정신을 못 차렸다. 운이 다해서일까. 시누이는 남편이 저세상으로 가자 역술가의 말이 생각났는지 처음으로 입을 열었다.

"오빠가 간 게 운명이었을까요?"

숨은 불씨를 찾아서

오랜만에 친구를 만났다. 친구는 시 공부를 하고 있었고, 나는 운동을 하고 있었다. 친구가 말했다.

"돈도 벌고 운동도 해 봤지만 문학이 가장 마음을 풍요롭게 해 주더라."

문학은 나에게 생소한 단어였다. 타고난 소질도 없고, 여고시절 문예반에서 활동하지도 않았고, 일기도 쓰지 않고 살아왔다.

친구는 망설이는 나를 시 교실로 데려갔다. 시는 어려웠다. 그때 집에서 가까운 죽전에 수필반이 있다는 소식을 들었다. 시보다는 글쓰기가 더 수월할 것 같았다. '할 수 있을까' 하는 두려움을 안고 등록했다.

교실에는 내 또래 주부들이 많아 마음이 한결 편했다. 대부분 등단했거나 학창 시절 백일장에서 상을 탔거나 수필집을 낸 사람들이었다. 수준이 높았다. 선생님께서 학생들의 작품 하나하나를 냉철하게 평가해 주셨다. 인문학 강의도 재미있었다.

역시 글쓰기는 어려웠다. 겨울이 가고 봄이 오면 그만두려고 마음먹고 있었다. 그러던 어느 날 선생님이 말씀하셨다.

"글을 잘 쓰려면 명수필을 스무 번은 읽고 써 봐요."

"아하! 반복. 바로 그거네!"

순간 추억 하나가 수면 위로 올라왔다. 이십여 년 전 방송통신대 공부를 포기하려 했는데 반복학습으로 잠자고 있는 뇌세포를 깨워 졸업한 기억이 생생히 떠올랐다. 그 공부가 읽기였다면 이제는 쓰기 공부다.

5백 쪽짜리 노트를 사와 밥상을 꺼내 놓고 《데미안》을 폈다.

'새는 알에서 나오려고 투쟁한다.'

나를 두고 한 말 같았다. 자아를 찾아가는 싱클레어를 따라 한 문장씩 읽고 써 내려갔다. 쓰다가 허리가 아프면 바닥에 엎드려서 쓰고, 식탁에 앉아서도 썼다. 초등학생이 쓰기 공부 하듯이.

어느 새 마지막 장이 되었다. 노트를 또 샀다. 이번에는 명수필집을 썼다. 좋은 글을 접하니 감성이 조금씩 살아나는 듯했다. 새소리, 물소리, 바람 소리가 들려왔다.

세 번째 노트를 샀다. 이제는 길가 민들레가 보이고, 코스모스가 사랑스럽고, 단풍이 눈에 들어왔다. 그동안 잊고 있던 소월의 시가 떠올랐다. 가슴이 촉촉해져 갔다.

몇 개월 쓰기에 매달렸다. 손가락이 휘어지고 시력이 떨어져 돋보기를 썼다. 아들이 왔다 갔다 하면서 보았는지 물었다.

"쓰는 것이 무슨 효과가 있나요?"

"부싯돌을 쳐서 불씨를 만들듯 엄마 감성에 불을 지피기 위해서야."

"엄마 불씨는 꼭 살아날 거예요. 생신 선물로 컴퓨터 사 드려야겠네요."

옆에서 아들이 응원해 주니 신바람이 났다.

지난해에 골프채를 바꾸었다. 운동이나 하면서 여생을 보내리라 마음먹었기 때문이다. 그런데 골프채 대신 볼펜을 쥔 지 4개월, 포기하려던 글을 쓰고 있다.

돌아보니 스무 살에는 남편 뒷바라지, 마흔 살에는 대학 공부, 예순 살에는 글쓰기 공부. 인생길에서 스무고개마다 새로운 문이 나를 기다리고 있었다. 그 앞에서 서성거리는데 《데미안》이 속삭이는 것 같았다.

'태어나려는 자는 하나의 세계를 깨트려야 한다.'

어두운 터널을 지나 희미한 불빛이 보이는 듯하다.

봄바람이 얼굴에 와 닿는다. 마음속에 있는 돌멩이를 치우고, 김을 매고, 거름을 주어 기름진 땅이 될 때 싹은 돋아날 것이고, 그 가지에서 '수필의 꽃'도 피어날 것이다.

꽃무늬 원피스 다시 입다

5월 햇살이 눈부셨다. 반팔 원피스를 입고 길을 나섰다. 칠십 대 중반 부인이 의자에 앉아서 나를 바라보는 듯했다. 그 옆에 앉았다.

"아줌마, 참 예쁘네요."

"예? 아니, 아니에요."

입가에는 미소가 번졌지만 손사래를 쳤다. 당황하는 나를 보더니 정색을 하고 다시 말했다.

"하얀 피부와 옷이 잘 어울려요."

그분의 진지한 표정에 다시 손사래를 치면 안 될 것 같았다.

"고맙습니다, 이쁘게 봐주셔서. 이 옷 십 년 전 거예요."

"그래요? 지금도 좋아요."

대화를 새로 생긴 마트로 돌렸다. 화창한 봄날 꽃무늬 원피스를 입고 진주목걸이에 자주색 샌들을 신은 마음을 들켜 버린 것 같았다. 살아오면서 귀엽다는 말은 들었어도 예쁘다는 말은 듣지 못했는데 육학년 중반에 듣다니, 역시 '여자는 옷이 날개'라는 말이 실감났다.

십 년 전이었다. 남편이 명예퇴직하면서 거금이 들어왔다.

"그 돈, 당신 비자금으로 써요."

"진심이지?"

웃으면서 내 소매를 끌었다.

"기분이다. 옷 한 벌 사 줄게."

우린 백화점으로 향했다. 결혼해서 둘이 백화점에 간 적이 언제였던가? 손꼽을 정도였다. 그런데 매장을 다 돌도록 마음에 드는 옷이 없었다. 그이에게 미안했다.

"그냥 나가요."

다른 때 같으면 두말 않고 나갔을 텐데, 그날은 달랐다. 내 말을 들은 체도 않고 마지막 매장까지 갔다. 그곳에 하늘거리는 천에 목과 소매에 주름이 잡히고 바탕에 잔잔한 꽃무늬가 있는 원피스가 걸려 있었다. 옷은 연두색 벨트와 잘 어울렸다. 귀여우면서 우아했다. 옷을 입고 나오니 남편이 말했다.

"당신한테 딱 어울리네, 십 년은 젊게 보여."

그리고 한마디 덧붙였다.

"나이 먹더라도 곱게 입고, 곱게 늙어 가야 해."

원피스와 함께 '젊다'는 선물까지 덤으로 받았다.

여름이 되면 다른 옷은 제쳐놓고 그 원피스가 나의 유일한 외출복이었다.

그러나 몇 년밖에 못 입었다. 그이가 내 곁을 떠났기 때문이다. 혼자된 친구는 이십여 년 동안 어두운 옷을 입고 살았다. 나도 그 친구처럼 다시는 고운 옷은 입지 못할 거라 생각하고 화려한 옷은 남에게 주었다. 그리고 꽃무늬 원피스도 장롱 깊숙이 들어갔다.

고향 사람들과 친척들은 남편에게 기대가 컸다. 그랬던 만큼 나에게 오는 비난 또한 컸다.

어느 날 예식장에서 친척들과 인사를 나누었다. 그런데 그 중 한 여자가 돌아서서 일행에게 이렇게 말하는 것이었다.

"남편 없이도 얼굴은 좋네."

그 후로 고향 모임과 친척 행사를 피했다. 예전에 발랄했던 모습은 사라지고, 옷은 어두워지고, 세상 근심 혼자 다 짊어진 듯 우울했다. 배우자를 잃은 슬픔은 당사자가 아니고는 모른다. 나도 예전에 그랬으니까. 광주 친구에게 언젠가 했던 말이 생각났다.

"너는 강산이 몇 번 바뀌었는데 지금도 어두운 옷을 고집하니?"

위로한답시고 그런 말을 한 것이다.

"순이야, 무의식에라도 너에게 아픈 말을 했거든 용서해라."

내가 겪고 나서야 순이의 마음을 헤아리게 되었다. 순이는 담담히 들어주었다.

세월은 그이가 없어도 흘러가고, 세상도 아무 일 없다는 듯이 돌아가고 있었다. 기도하면서 미사보 밑으로 흐르는 눈물을 아들 몰래 닦으면서 홀로 설 수 있는 힘을 달라고 기도했다.

자전적 글을 쓰면서 가슴에 새겨진 '주홍 글씨'가 엷어져 가고, 마음이 열리고, 그 안으로 평화의 빛이 들어왔다.

어두운 터널을 벗어나니 여자의 본능이 고개를 들었다.

동문회에 입고 갈 옷을 장롱에서 찾았다. 먼지를 뒤집어 쓴 꽃무늬 원피스가 눈에 들어왔다. 옷을 입고 거울 앞에 섰는데 남편이 뒤에서 말하는 것 같았다.

'늙더라고 곱게 입어.'

그날따라 날씨가 화창했다. 정류장에서 만난 부인의 덕담에 흔들리는 나뭇잎마저 춤을 추는 듯 보였다. 꽃무늬 원피스를 입어서였을까, 발걸음이 한결 가벼웠다.

세 번의 꿈으로 얻은 손자

■
■
■

　단풍이 곱게 물든 계곡을 지나 집에 들어섰다. 남자들은 대문에서 마당을 지나 울타리까지 줄을 서 있었고, 여자들은 현관까지 서 있었다. 한 남자에게 다가가 물었다.

　"무슨 줄이에요?"

　"예, 여자들은 안채 화장실 줄이고, 남자들도 측간 줄인데 울타리 옆에서 꿀도 따 먹는답니다."

　이 많은 사람이라면 금세 꿀은 바닥이 날 것이고, 측간은 넘칠 것 같았다. 그들에게 말했다.

　"공짜로는 안 돼요! 100원씩 주세요!"

　그리고 손을 내밀었다. 동전이 가득 찼다. 손을 쥐었다 폈더니 그 안에 대추가 가득 들어 있지 않은가. 꿈이었다.

옆에 있는 큰언니에게 말했다.

"태몽이네. 그 꿈 팔래?"

큰언니 딸은 십 년이 넘도록 아이가 없었다. 나는 대답하지 않았다.

며칠 후 물방울만한 다이아몬드를 서랍에 넣어 두었는데 아무리 찾아도 없었다. 한숨 돌리고 다시 열었더니 반짝이고 있었다. 두 번째 꿈이었다. 큰언니에게 또 말했다. 이번에 언니가 진지한 표정을 지었다.

"김 서방이 환생하려나 보다."

큰언니는 원불교 불자다. 그래서 윤회를 믿는다.

"에이! 말도 안 되는 소리!"

"그럼, 그 꿈 내게 팔아."

그 말을 듣는 순간, 남편이 운명하기 전에 딸에게 한 말이 생각났다.

"둘째 언제 가질 거니?"

"방학하면 생각해 볼게요."

남편은 그런 말을 한 지 한 달 만에 우리 곁을 떠났다. 아들과 나는 성당에서 50일 기도를, 시동생들은 절에다 사십구재를, 큰언니는 원불교에서 천도재를 지내는 중에 꿈을 꾼 것이었다.

큰언니는 제부가 미국에 사는 딸에게 환생되기를 비는 것 같았다. 그게 현실이 된다면 얼마나 좋을까.

원불교 불자들의 수기를 읽어 보니 환생의 사례가 여러 편 있었다. 그런 기적이 우리에게 일어나기를 바라는 마음에 꿈 이야기와 환생에 대해 딸에게 말했으나 돌아온 대답은 나처럼 말도 안 된다는 것이었다.

큰언니가 자기 딸의 몸 상태를 확인하는 것을 보면서 내 마음이 흔들리기 시작했다. 딸에게 호소했다.

"죽은 사람 소원도 들어준다는데 엄마 소원 좀 들어주라!"

돌아온 대답은 방학을 앞두고 생활기록부 작성하랴 학생 지도하랴 너무 바빠 신랑과 오붓하게 지낼 여유가 없다는 말뿐이었다.

방학하자 딸 내외는 손녀를 데리고 영암에 있는 아빠 산소를 간 모양이었다. 손녀가 엄마의 눈물을 보았던 것일까, 할아버지께 빌었다고 했다.

"할아버지, 내 동생 주세요!"

서울로 올라가는데 길이 막혀 온천에서 하룻밤 묵고

서울에 올라왔다고 했다.

시간이 흘렀다. 남편의 마지막 미사에서 훗날 다시 만나자고 기도했다.

사십구 일째 날이었다. 절로 향하는 마음처럼 나무들도 찬바람에 움츠리고 있는 듯 보였다. 차 안이 조용했다. 그때 핸드폰이 울렸다.

"엄마! 나 임신 반응 나왔어!"

딸의 흥분된 목소리였다. 아빠 산소 갔다 오던 날 삼신할매가 아이를 점지해 주었나 보다. 나도 지난밤 튼실한 옥동자를 안은 세 번째 꿈을 꾸었는데.

주위 사람들에게 태몽과 딸 임신을 연관 지어 말했더니 남편 잃은 충격에 정신이 어떻게 되었다며 고개를 갸우뚱했다. 친지들마저 믿지 않는 눈치였다. 남편 형제들과 아이들은 아빠가 우리에게 희망을 주었다고 생각했다.

장례를 치르는 내내 문상객들에게 약한 모습 보이기 싫어 입술을 깨물며 울지 않았다. 그런데 딸 임신 소식에 사십구재를 지내는 동안 눈물이 하염없이 흘러내렸다.

산모는 입덧을 심하게 했다. 한약을 먹으며 직장에 빠지지 않고 나가고 아홉 달 동안 잘 버텨 주었다. 출산 예정

일을 한 달 앞두고 산부인과에서 전화가 왔다. 다행히 양수는 터지지 않았다. 마지막 달에 폐가 완성된다고 한다. 그런데 태아가 체중 미달이었다. 사골을 고아 산모에게 날랐다. 이십여 일이 지나니 모든 것이 정상이 되었다.

의사는 유도 분만 준비를 하고 있었다. 날짜를 짚어 보니 다음 날이 더 좋았다. 남자는 태어나는 날에 권(權)이 들어야 한다는 나의 지론에 딸도 동의했고, 의사는 웃으면서 양수가 안 터졌으니 그렇게 하자고 했다.

다음 날 아침 주사를 맞고 진통을 기다렸다. 산모는 분만실로, 나는 입원실로 왔다. 몇 시간이 지나 진통이 시작될 것 같아 내려가는데 딸과 마주쳤다.

"진통이 없어 퇴원하래요. 어제 낳았으면 좋았을 텐데."

나를 원망하는 듯했다. 선무당이 사람 잡는다고, 내 개똥철학이 찜통더위에 산모를 잡게 되었다.

딸은 남산만 한 배를 안고 그동안 밀린 집안일을 했다. 기척 있느냐는 질문에 "아니요" 하고 퉁명스럽게 대답할 뿐이었다. 신경은 온통 산모에게 쏠렸다. 일주일이 가고 열흘이 가도 기별이 없었다.

드디어 기다리던 전화가 왔다. 어제 아들을 낳았다는
것이었다. 그 소식에 시동생과 시누이도 한걸음에 달려왔
다. 신생아의 짙은 눈썹과 쌍커풀진 눈, 남편을 닮은 것
같았다. 유도 분만에도 꼼짝 않던 아이는 딱 12일이 지나
내가 그토록 바라던 호랑이 날 세상에 나왔다. 딸에게 당
부했다.

"손자가 스무 살이 되려면 내가 여든 살까지는 살아야
겠다. 잘 키워라."

그렇게 세 번의 꿈으로 얻은 손자가 초등학교에 들어갔
다. 아이는 태어날 때도 그랬거니와 자라면서도 자기 주
장이 확고하고 인정이 많다. 성품이 꼭 외할아버지를 닮
은 것 같다.

때로는 골 빈 사람이고 싶다

■
■
■

동창 모임을 한다는 연락이 왔다. 다음 달은 설이 코앞에 있어 건너뛰자 했으나 이구동성으로 '다리 성성할 때 한 번 더 만나자'고 해 가는 길이었다.

여고 때 만나 오십여 년간 더러 싸우기도 하고, 슬픔과 기쁨을 나누기도 하고, 아픔을 위로하면서 칠십 문턱에 왔다. 그런 친구들에게 재미있는 '이벤트'가 없을까 생각하면서 걷는데 열 살 때 일이 떠올랐다.

설날 아침, 새 옷을 입고 집에만 있을 수가 없었다. 눈발 날리는 우물가에서 동무들이 나타나길 기다렸다. 하나둘 모여들었다. 6·25전쟁이 지나 어려운 시절 엄마를 졸라 새 옷은 입었다. 집에 쑥떡은 있지만 주머니는 텅텅 비었다. 동네에서 후한 사람이 누굴까, 우리는 머리를 맞대었다. 한 친구가 말했다.

"성덕이 할아버지!"

말이 떨어지기 무섭게 오두막집으로 몰려갔다. 할아버지는 손자 친구들 방문에 깜짝 놀라셨다. 세배를 받고는 쌈지에서 구겨진 십 환짜리를 꺼내 한 장씩 주는 것이 아닌가! 처음 받아본 세뱃돈! 눈깔사탕을 한 움큼씩 받은 기분이었다. 그 아련한 추억이 육십 년이 지났는데도 어제 일처럼 생생했다. 이거다 싶었다. 은행에 들러 천 원짜리를 신권으로 바꾸었다.

밥은 밖에서 먹고 커피는 친구 집에서 마셨다. 과일을 먹으며 한참을 떠들다 분위기가 식어 갈 무렵, 나는 빳빳한 천 원짜리를 꺼냈다. 그리고 다섯 장씩 주면서 말했다.

"짜잔! 세뱃돈이야. 올해도 행복하자."

친구들이 환호성을 질렀다.

"와! 어떻게 이런 발상을?"

친구에게 세뱃돈 주는 나도 처음이지만 친구에게 세뱃돈 받는 것도 처음이라고 모두 좋아했다. 장난기가 발동한 한 친구는 세배하는 시늉을 했다. 요즘 오천 원으로 제대로 된 밥 한 끼 먹기 마땅찮은데, 우린 오랜만에 동심으로 돌아가 배부르게 웃었다.

다음 날은 합평회 날이었다. 어제 친구들의 모습이 떠올랐다. 가방에 천 원짜리가 남아 있었다. 쑥스럽지만 내밀어 보았다. 그런데 예상과는 달리 세뱃돈의 마력은 칠십이 넘은 문우들도 타임머신을 타고 동심의 세계로 돌아가게 했다. 돈을 펴들고 웃는 표정을 카메라에 담았다.

저녁에 사진이 카톡에 올라왔다. 내가 글을 달았다.

'하늘에서 떨어진 돈 들고 좋아하는 순간이랍니다.'

한 문우가 장난기를 담아 댓글을 올렸다.

'골이 비어서리.'

'골 빈 사람이 있어서 한바탕 웃고 행복했답니다.'

그 순간 오래전에 또 한 명의 '골 빈' 사람이 있었다는 사실이 생각났다.

삼십여 년 전 설날 아침이었다. 남편은 동네 어른들에게 세배를 가면서 한복 주머니에 오천 원짜리 뭉치를 넣어 갔다. 얼핏 봐도 칠팔십 장은 돼 보였다. 당숙모 집에서 세배를 하고 오천 원짜리 몇 장을 세뱃돈으로 드리고 큰아버지 댁에서도 마찬가지였다.

그 시절 오천 원은 레이스 달린 내의 한 벌 값이었다. 어른들 표정은 즐거워 보였지만 난 그렇지 않았다. 다음 집에 갈 때는 춥다는 핑계를 대고 집으로 오고 말았다. 그리고 시어머니에게 일러바쳤다.

"아범이 온 동네를 오천 원짜리로 도배하려나 봐요!"

시어머니는 놀라지도 않고 그저 한마디 보탤 뿐이었다.

"글씨 말이다잉."

어머니는 알고 계신 듯했다. 그 당시 우리 형편은 그리 넉넉지 않았다. 전세를 살고 있었으니까. 남편은 자신을 위해 반듯한 옷 한 벌 못 사면서 남의 딱한 사정을 알면 그냥 못 넘기는 성격이었다. 그럴 때마다 투덜거리면 "오른손이 한 일을 왼손에게 알리면 안 되지" 했다. 남편이 아니라 도인과 사는 기분이었다.

젊었을 때 점집에 간 일이 있었다.

"바깥양반은 주머니에 돈 있으면 다 쓰고 가겠네. 새댁이 집안 경제는 맡아."

신신당부했다. 설마했는데 살아갈수록 그 말이 맞았다. 밖에서는 그이를 부잣집 귀공자로 알겠지만 안에 있는 나는 속이 타들어갔다.

많은 세월이 흘렀다. 미워하면서 배운다고, 내 무의식에 남편의 행동이 남아 있었던 모양이다. 나도 모르게 그이를 따라 했으니 말이다.

지난해 가을 아들이 결혼을 했다. 남편의 선배가 기꺼이 주례를 서 주었고, 한 동기생은 앞장서 도와주면서 "my pleasure(나의 기쁨)"이라 답해 주었다. 결혼식 날은 다가오는데 혼주석 내 옆 빈자리를 누구로 대신할까, 아들과 의논해 보았지만 별도리가 없었다. 혼자 앉기로 결정했다. 먼저 간 남편이 원망스러웠다.

그런데 예식장에 들어서니 가득찬 화환이 나를 반겨 주었다. 전국 각지에서 남편 지인들이 보낸 것이었다. 그이가 저세상 간 지 십여 년. 순간 살아 있는 것 같아 눈물이 핑 돌았다.

화환 하나하나에서 남편의 숨결이 느껴졌다. 그제야 알았다. 남편은 골 빈 사람이 아니라 꽉 찬 사람이었다는 것을.

눈 내리는 날의 결투

알파고와 이세돌의 바둑 대결. 인공지능과 인간의 싸움. 세계가 들썩거렸다. 사람들이 TV 앞으로 모여들고, 나도 그 대열에 끼었다.

언제부턴가 남편 퇴근이 점점 늦어졌다. 딸은 대학생이라 바쁘고, 아들은 군대에 있었다. 그러니 대화할 상대는 없고 사람들과 어울릴 취미도 없었다. 빈둥지증후군과 갱년기 증상이 겹쳐 매사에 의욕을 잃어 가고 있을 때 친구에게서 전화가 왔다.

"신부님이 바둑 가르친대, 올 거니?"

"그럼, 당연하지."

나는 망설임없이 대답했다. 소설 《남궁동자》가 생각났

다. 동자는 할아버지 어깨너머로 배운 바둑 실력으로 대회에 나가 상을 탄다. 그래서 바둑이 쉬운 줄 알았다.

우리 집은 딸이 여섯이라 바둑을 접할 기회가 없었다. 반면에 친구는 오빠와 남동생들 틈에서 자랐다. 직장에서는 상사에게 배웠고, 결혼해서는 남편과 시동생과 바둑을 둔다는 것이었다. 나도 남편과 공유할 무언가가 필요했다.

바둑 배우러 가는 날은 초등학교 입학식처럼 설레었다. 아주머니들이 많이 모여 있었다. 신부님은 바둑판 앞에서 몇 마디 설명을 하고는 실전에 들어가라고 했다. 주위를 둘러봐도 왕초보는 나뿐인 것 같았다. 짝이 되어 준 친구가 백을 잡으며 말했다.

"흑돌 25개는 깔아야지."

그것도 어디에다 둘지 몰라 대신 놓아 주었다. 바둑판이 새까맸다. 백이 흑 진영에 들어오면 막을 줄을 몰라 고양이 앞의 쥐처럼 쩔쩔맸다. 끝날 때는 그 많은 돌이 깡그리 잡혀 있었다. 총을 들고도 쏘는 법을 모르니 그럴 수밖에. 친구는 '다 그렇게 배우는 거야' 하는 표정이었다.

그때 친구와 동급이었다면 나의 '바둑 필살기'는 없었을 것이다. 학창 시절 공부에서는 그렇지 않았는데, 바둑에서 매번 진다는 것이 자존심 상했다. 차츰 바둑에 흥미를 잃고 두 달 만에 그만두었다.

그래도 미련이 남아 바둑 방송을 보곤 했다. '주부 바둑 무료'라는 자막이 눈에 들어왔다. 홍제역에서 전철을 타고 교대에서 내려 바둑교실을 찾아갔다. 무료는 아니지만 아주머니들이 줄을 서 있었다. 우린 '입문'을 가지고 바둑 ABC부터 배웠다. 비슷한 사람과 이기고 지니 그제야 바둑의 재미를 알 것 같았다.

한 주가 지나고 한 달이 지나고 두 달째 접어들자 아주머니들은 흥미를 잃고 썰물처럼 빠져나갔다. 정말로 바둑은 여자들에게 어려운 장벽일까. 결국 나와 다른 한 사람만 남았다. 내가 바둑을 놓지 않고 있다는 소식을 들은 친구가 정년퇴임 후 기원을 운영하는 원장을 소개해 주었다.

그곳은 남자들의 놀이터였다. 여자는 한 명도 없었다. 자욱한 담배 연기 속에 바둑알 놓는 소리만 들렸다. 원장이 내 실력을 테스트했다. 그런데 싸워 보지도 못하고 참패를 당했다. 창피했다. 무엇이 문제일까. 서점으로 향했다. 책꽂이에는 바둑 입문이 있고 입문 1, 2, 3이 있었다. 문제는 입문 하나 가지고 3개월을 공부했던 것이다. 나는 입문 1, 2, 3 초급 책까지 사가지고 왔다.

남편이 출근하면 입문 1을 폈다. '혼자 대학 공부도 했는데 바둑쯤이야' 하며 공격과 수비에 최선이라고 인정한 정석, 중반전 싸움이나 집 차지에 유리한 포석을 익혀나갔다. 지루할 때는 먼 훗날 친구와 대결에서 이기는 장면을 상상하면서 바둑알을 들었다. 하지만 게임은 혼자할 수 없다. 상대가 없는 게임은 짝사랑과 같다.

물어물어 여성바둑연맹을 찾아갔다. 지금은 상왕십리에 있지만 당시는 한국기원 5층에 있었다. 그곳에는 서울여자 고수들이 다 모인 것 같았다. 바둑판에 앉아 수담(手談)을 나누는 모습이 정겹고 존경스러웠다.

일주일에 한 번 프로기사에게 정석과 포석, 행마법을 배웠다. 그리고 실력이 비슷한 사람과 실전에 들어갔다. 바둑판은 말 없는 전쟁터. 그곳에서 내 짝을 만났다. 우리는 물고기가 물을 만난 듯 일주일에 한 번으로는 허기를 채울 수 없었다. 일주일에 두세 번, 도끼자루 썩는 줄 모르고 해가 질 때까지 바둑을 두었다. 여름 석 달을 그렇게 보냈다. 누워 있으면 천장에 바둑판이 그려지고 그 위에서 흑백 싸움이 벌어졌다.

드디어 단풍이 곱게 물들 무렵 친구에게 도전장을 내밀었다. 결전장은 우리 집. 내가 흑을 잡고 아홉 점을 깔았다. 바둑돌 소리가 청량하게 들렸다. 가슴이 두근거렸다. 심장 뛰는 소리가 들릴까 봐 헛기침을 하고 물을 마셨다. 이번에는 손이 떨렸다. 바둑알을 만지작거리니 한결 차분해졌다.

"내 앞만 보지 말고 전체를 보라."

"소탐대실하지 마라."

"반 집만 이겨도 이긴 것이다."

선생님 말씀이 귀에 들리는 듯했다. 나는 정석과 포석으로 시작하는데, 친구는 동네에서 배운 대로 자유로이 놨다. 그 포석을 보는 순간 자신감이 생겼다. 백이 먼저 싸움을 걸어왔다. 싸움의 고수다. 끊은 돌을 외면하고 더 큰 자리를 찾았다. 그렇게 해서 첫 판은 내가 이겼다.

사람도 어울리다 보면 속내를 읽을 수 있듯 바둑도 두다 보면 수를 읽을 수 있다. 이길 때마다 한 점씩 내렸다. 마지막에는 넉 점이 되었다. 얼마나 긴장하고 몰두했는지 얼굴은 홍당무가 되었고 등에서 식은땀이 흘렀다. 친구는 싸움에 응하지 않고 집만 짓는 나를 보고 어이없다는 표정이었다. 겨울에 다시 한 판 겨루기로 약속하고 헤어졌다.

그날은 눈이 내리고 있었다. 친구는 무덤덤한 얼굴로, 나는 비장한 각오로 바둑판을 사이에 두고 앉았다. 넉 점을 놓고 시작했다. 처음부터 친구의 특기가 나왔다. 눈빛이 먹잇감을 찾는 매처럼 매서웠다. 어느 사이 싸움에 말려 나의 대마가 위급한 상황에 처했다. 자칫하면 끝장이었다. 허리를 펴고 전체를 둘러봤다. 바둑은 이기려는 자가 악수를 두기 마련이다. 그 수를 보는 순간 내 수도 보였다. 결국 역전승!

한 점을 내렸다. 다시 한 판. 내리고 또 내렸다. 드디어 맞수가 되었다. 그렇다고 거기서 일어설 내가 아니었다. 한 판을 더 두어 백을 빼앗아 왔다. 승부의 세계는 원래 냉정한 것!

친구와 밖으로 나왔다. 눈을 맞으며 어린아이처럼 소리 지르고 싶었다. 무슨 대단한 일을 한 양 말이다.

그렇게 환호작약하던 시절은 어느덧 사라지고 말았다. 용인으로 이사 오면서 그만두었다. 그러나 때때로 바둑과 사랑에 빠졌던 그 시절이 그립다. 나를 바둑의 길로 이끌어 준 친구도 함께.

영록회 총무 삼십 년

내 손에 누렇게 빛바랜 회칙과 장부 하나가 있다. 장부는 손때가 묻고 속지는 너덜너덜해 테이프로 붙여져 있다.

1967년 고교 졸업을 앞두고 학생회장이 회칙을 타이핑해 달라고 가져왔다.

'永綠會'라 써 있었다. 회원들 간에 항구 불변의 우정을 다짐하고, 정신과 육체를 오래도록 간직하고, 상호간에 경조사를 챙기자는 내용이었다. 회원은 여덟 명. 남학생으로 구성되어 있었다. 회비는 일 년에 1,500원.

그 회칙의 끈으로 회장과 나는 사랑을 하고 결혼을 했다. '영록회'에서 결혼 선물로 TV를 선물해 주었다. 당시로는 꽤 큰 선물이었다. 뒤를 이어 다른 회원들도 하나둘 짝을 찾아 부산, 마산, 광주, 서울에서 둥지를 틀었다.

세월이 흘렀다. 아이들이 초등학교에 들어가자 부부 동반으로 모이자는 말이 나왔다. 그 이유는 회비가 모아지지 않는다는 것이었다.

부인들과 처음 만나는 날. 나와 동갑은 한 사람뿐, 나머지 부인들은 몇 살이나 어렸다. 내게 장부와 통장을 맡겼다. 회원들이 나와 동창이기도 해 스스럼없이 총무를 맡았다. 회비는 일 년에 150,000원으로 올렸다. 그리고 일 년에 한 번 회원들의 집에서 만나자는 의견에 부인들도 동의했다.

부산 친구 집에서 처음 모였다. 친구는 번개탄 사업을 하고 있었다. 남편만 참석하고 나는 못 갔다. 회원들과 해운대와 불국사를 돌고 왔다고 했다.

다음 해는 마산 친구 집. 돼지 농장을 하고 있었다. 축사를 돌아보고 언덕 위 아담한 집에서 마산의 명물 아구찜을 먹었다.

광주 친구는 학교에서 근무했다. 충장로는 서울의 명동과 같다. 추억이 깃든 거리를 걸으며 다방에 들러 차를 마시고 무등산에도 올라갔다.

우리는 남편이 영암에서 근무할 때 그들을 초대했다. 남도의 푸짐한 한정식을 먹으며 세발낙지도 곁들였다. 월출사 경내도 돌아보고 떠나는 친구들에게 선물도 안겨 주었다.

그렇게 같이 관광도 하고 밥도 먹고 잠자리도 하니 서먹했던 부인들과 가까워지고 통장에는 돈이 불어났다.

안양 친구 집이 마지막이었다. 비닐하우스였다. 남자 다섯, 여자 셋이 모였다. 상다리가 부러질 정도로 음식이 나왔다. 홍어회가 고향의 냄새를 풍기자 술잔이 더 많이 오갔다. 설거지를 도우러 나가니 부인이 등을 떠밀고 문을 닫아 버렸다.

기다란 방에서 왼쪽은 여자들이 오른쪽은 남자들이 누웠다. 남자들은 지나온 이야기로 꽃을 피우고, 여자들은 이불을 뒤집어쓰고 도란거렸다. 눈보라는 비닐하우스를 때리고 구들방은 뜨끈뜨끈했다. 고요를 깨고 '뽕' 소리가 났다. 소곤거리던 여자들의 웃음보가 터지고 말았다. 그 옛날 동생들과 한 이불 속에서 그랬던 것처럼 말이다.

그 후 안양 친구가 다쳤다. 사십 대라 가슴이 아팠다. 회비에서 붕어즙을 해 보내고 상당한 위로금도 전달했다.

그 친구는 건강이 좋아지고 비닐하우스촌이 개발되어 아파트가 되었다. 자연과 가까이 살아온 친구들은 스트레스를 덜 받아서인지 오래 사는 것 같았다.

남편의 고향 친구는 서울에서 대학을 졸업했다. 졸업 후 형님 사업을 도우며 잘나갔다. 그런데 분당 상가가 분양이 안 돼 부도를 맞고 그 스트레스로 B형 간염이 진행돼 암이 되었다. 그 친구 콘도를 '영록회' 회비로 샀다. 가격이 비싼지 싼지 따지지도 않고 아픈 친구를 돕자는 마음뿐이었다. 한 사람 명의로 할 것이 아니라 공동 명의로 하자는 의견에 남편이 말했다.

"영록회 친군데 못 믿어서요?"

"아니, 나중에 문제가 생길 수도 있어서요."

어느 누구도 토를 달지 않았다. 나는 등기권리증만 보관하고 있었다.

총무를 맡은 지 십여 년이 흘렀다. 다른 부인들에게 통장과 장부를 내밀었다. 그런데 모두 손사래를 치며 피하는 것이 아닌가. 그이에게 투덜거렸다.

"왜 다 총무 안 하려고 피해?"

"당신이 잘 하니까 그렇지."

남편만 아니었다면 통장을 두고 나왔을 텐데, 도로 가지고 왔다. 하긴 남자들이 날짜와 장소를 정하고 나는 수입과 지출만 기록하니 어렵지는 않았다. 정기예금이 끝나면 이자가 더 많은 은행을 찾아 맡기는 것이 내 임무였다. 모일 때마다 그동안 일을 보고하고 통장도 보여 주었다.

고향 친구는 병마를 이기고 못하고 오십 대에 우리 곁을 떠났다. 남편은 오른팔을 잃어버린 양 오열했다. 그 후 나와 동갑인 부인도 암으로 투병하게 되었다.

근 십여 년이 흐른 뒤 그 부인도 부산 친구도 회장도 이 세상을 떠났다. 그 충격으로 오랫동안 모이지 않고 회비도 걷지 않았다. '永綠' 영원히 푸를 것 같은 이름이 누렇게 변해 가고 있었다.

몇 년 전 남은 회원끼리 한자리에 모였다. 나는 정식 회원이 되었고 총무도 계속 맡게 되었다.

'영록회' 장부는 지난 행적이 자세히 기록되어 있다. 궁금했다. 총무를 맡은 지 삼십여 년 동안 살림을 어떻게 했을까. 장부를 한 장씩 넘겼다. 수입과 지출 속에 이자가 눈에 띄었다.

호기심이 동했다. 얼마나 될까. 손으로 합산해 가다 계산기를 가져왔다. 1987년에 전임에게 회비 77만 원을 인수 받았다. 8년 동안 열심히 모아 1,200여만 원이 되었다. 그 속에 이자 수입이 530여만 원이 포함되어 있었다. 콘도를 800만 원에 사고 나니 잔액이 400여만 원 남았다. 그 후 아이들 결혼 축의금, 조의금 등 큰돈이 나갔는데도 이자 가 250여만 원이 들어와 있었다. 이자를 총 합치니 780여 만 원. 예상외 수입에 놀랐다. 콘도 구입비와 맞먹었다. 모래 속에서 보석이라도 캐낸 기분이었다.

건강이 안 좋아 삼십 년 만에 총무를 다른 회원에게 넘 기고 나는 영록회를 탈퇴했다. 남은 친구들의 우정이 영 원하길 바랄 뿐이다.

영록회 회원들

4 _ 나, 사랑에 빠졌어요

남의 것을 탐내지 말라

■
■
■

어머니는 오빠가 있는데도 아들 하나를 더 원하셨다. 그러나 무심한 삼신 할매는 오빠 밑으로 딸만 내리 다섯을 주었다. 딸 부잣집은 형편이 그리 넉넉지 않았다. 그래서 걸음마를 배우면서 예쁜 고무신은 구경도 못하고 검정고무신만 신고 자랐다.

초등학교 입학한 지 얼마 안 돼 친구가 꽃무늬가 그려진 예쁜 고무신을 신고 학교에 왔다. 모두들 그 애 곁으로 모여들었다. 그 꽃신은 공주님 신발 같고 내 검정고무신은 하녀 신발 같았다. 집에 오자마자 검정신을 벗어 던지고 어머니에게 투정을 부렸다.

"엄니, 나도 꽃신 사 줘!"

반나절을 따라다니며 졸라도 어머니는 나를 쳐다보지도 않고 청소하고 빨래하고 일만 계속하셨다. 울다가 잠이 설핏 들었는데 담요를 덮어 주는 어머니 손길이 따뜻한 물 한 잔을 마시는 느낌이었다.

무더운 여름날이었다. 호박잎도 처지고 강아지도 졸고 있는데 나는 친구들과 그늘에서 땅따먹기 놀이 하느라 더운 줄 몰랐다. 해가 기울자 친구들은 집으로, 나는 냇가로 갔다. 세수하고 일어서는데 바위에 꽃신이 엎어져 있었다. 얼마나 신고 싶었던 신발인가.

발에 꼭 맞았다. 풀짝풀짝 뛰는데 호랑나비가 앞에서 날갯짓을 하고 있었다. 손에 잡힐 듯 말 듯 냇물을 건너고 논둑길로 날아갔다. 나비를 따라다니는 사이 날이 어둑해졌다. 이를 어쩌나! 발에는 꽃신이 신겨 있었다. 잠깐 신어 보고 가져다 놓는다는 것이 그만 도둑으로 몰리게 되었다. 누가 볼세라 꽃신을 뒤에 숨기고 마당에 들어섰다. 방에서는 저녁밥 먹는 소리가 들렸다. 살금살금 걸어가 마루 밑 바구니에 꽃신을 넣었다.

그날 밤 꿈을 꾸었다. 엄마 손에 매가 들려 있었다. 도망치려는데 다리가 꼼짝도 안 했다. 소리치며 깼다. 속옷이 흠뻑 젖어 있었다.

　다음 날은 하루 종일 비가 내려 집에서 동생들과 숨바꼭질을 했다. 애들이 숨은 사이 꽃신이 궁금했다. 관솔 구멍으로 마루 밑을 보며 소리쳤다.

　"밑에 꽃신 있다야."

　"어머, 순자 언니 것이네."

　어제 냇가에서 꽃신이 없어졌다고 소동이 났고, 순자는 울면서 집으로 갔다고 동생이 말했다. 작은언니가 매서운 눈초리로 나를 쳐다보았다. 꽃신을 누가 순자에게 갖다주었는지는 기억에 없다. 아마도 어머니이지 싶다.

　어머니는 속상하셨을 것이다. 우리 형제들은 싸울 때 욕은 금기였다. 욕 대신 "이 감자씨야"라고 할 뿐이었다. 동네에서는 자식 교육 잘 시킨다고 말해 왔다. 꽃신 사건은 엄마에게 자존심 상하는 일이었을 것이다.

　2학년이 되었다. 어머니는 골목에서 아주머니를 만나 친구들과 놀고 있는 곳으로 데려왔다. 주일 학생을 모집하는 분이었다. 성당은 학교보다 멀었으나 우린 초콜릿의 달콤함에 끌려 처음으로 성당에 발을 디뎠다.

　크리스마스가 지나고 친구들은 하나둘 떠나고 숙자와

나만 남았다. 미사가 끝나면 교실에 들어가 교리를 배우고 십계명도 외웠다. 십계명에는 '남의 것을 탐내지 말라'가 있고, 기도문에는 '내 탓이요'가 있다. 꽃신을 탐내듯이 남의 것을 탐내지 않겠다고 하느님과 약속했다.

숙자는 계모 밑에서 허드렛일을 하며 설움을 받고 있을 때였다. 숙자는 아픈 상처를, 나는 작은언니의 구박을 위로받기 위해 열심히 성당을 다녔는지 모른다.

4학년에 올라가서 오른팔이 부러졌다. 한 달 간 학교도 못 가고 성당도 못 나갔다. 그러나 묵주는 늘 내 곁에 있었다. 《나의 라임 오렌지나무》에서 제제가 마음이 외롭고 슬플 때 오렌지나무를 찾아가듯 나는 묵주를 찾았다. 묵주기도를 하고 나면 마음이 평온해졌다.

고등학교는 미션스쿨이어서 기도를 하고 수업을 시작했다. 아르바이트 하면서 돈을 만졌지만 단 한 번도 욕심내지 않았다.

졸업반이 되었다. 이사장님 사업체로 실습을 나갔다. 경리 일을 봤는데 현금이 모자랐다. 거금이었다. 그 이유를 알기 전에는 퇴근을 할 수가 없었다. 삐삐도 핸드폰도 없던 시절 연락할 길이 막막했다. 마냥 기다렸다. 10시

'땡' 하자 이사장님이 들어오셨다.

"돈이 모자랍니다."

"내가 가져갔다."

순간 멍했다. 돈이 필요하면 얘길 하거나 전표에 적어 두었기에 그분에게 금고 열쇠가 하나 더 있는 줄은 꿈에도 몰랐다. 순진했다. 지금 생각하면 이사장님이 나를 시험한 것이었다. 그 후 실수로 계산이 틀려도 웃으면서 다시 해 오라고 했다.

사업체가 문을 닫자 모교 행정실로 발령내 주고 중학생 납부금을 받는 직책을 주었다. 경력이 쌓이자 고등학교로, 나중에는 학교 회계까지 맡겼다.

어린 시절 성당에서 배운 '남의 것을 탐내지 말라'가 항상 가슴속에 남아 있다. 남편이 장남이지만 쌀과 곡식도 탐내지 않았고 논밭도 탐내지 않았다. 지금 논에서 나오는 수익도 부모님 제사 비용으로 쓰고 있다.

뒤바뀐 운명

∷

복도를 지나다 책이 쌓인 교실로 들어갔다. 그곳에는 소년소녀 문학전집이 빼곡히 꽂혀 있었다. 《알프스 소녀》를 읽고는 동화책에 빠져 수업이 끝나면 도서관으로 달려갔다.

그중에서 《빨간 머리 앤》을 읽고 또 읽었다. 어려운 환경에서도 명랑하고 긍정적으로 살아가는 앤이 내 친구가 되고, 앤의 친구 길버트처럼 성실한 남자가 또한 나의 이상형이 되었다.

전남여중 입학시험에 떨어졌다. 그것도 커트라인에서. 오빠는 재수을 해서라도 도전하라 했으나 그럴 형편이 안 되었다. 후기 중학교에 입학금을 냈는데 전남여중에서 입학통지서가 왔다. 그걸 본 작은언니가 말했다.

"보결생으로 들어오면 창피하니 우리 학교에 오지 마."

보결생이 아닌 차점자였는데 그 한마디가 내 운명을 바꾸었다.

그때 언니 학교에 갔더라면 보결생이라는 불명예를 벗기 위해 공부에만 매달렸을 것이고, 사춘기에 접어든 나는 잘 사는 애들 보면서 상대적 빈곤을 느꼈을 것이고, 작은언니처럼 위를 보느라 아래는 보지 못했을 것이다. 나는 사춘기를 책 속의 주인공들과 여러 나라를 구경하고, 나만의 상상의 나래를 펴며 잘 보냈다.

철이 들면서 엄마의 휘어진 어깨가 보이기 시작했다. 고등학교 진로를 놓고 고민하는데 언니가 독일에 갈 수 있는 학교를 추천했다. 당시 많은 여성들이 준비도 없이 독일 간호원으로 나갔을 때였다. 설령 외국을 못 가더라도 실업학교라 졸업하면 바로 취직할 수 있을 것 같아 결정했다.

교복을 입고 학교에 다니는 것만으로도 행복한 소녀였다. 1학년 때는 장학생이었으나 2학년이 되면서 떨어졌다. 그 이유는 성경 시험에 주기도문을 쓰는 문제가 나왔는데 나는 천주교 주기도문을 써냈다. 그래서 점수가 안 나왔다.

마침 독일 길도 막히고, 학교는 멀고, 장학생도 떨어졌으니 학교에 남아 있을 이유가 없었다. 전학 가려고 부기 선생님과 의논했다. 부기는 만점을 받아 선생님이 예뻐해 주셨다. 그 말이 상과 주임 선생님 귀에 들어간 모양이었다.

하루는 주임 선생님이 불렀다. 급수별 주산 연습지와 전표 연습지를 주고, 은행 보조자리를 주었다. 선배 언니가 졸업하면 그 업무를 맡으라는 제안이었다. 선생님의 큰 배려였다.

그 무렵 동생도 중학교에 다녔고 밑으로 줄줄이 중·고등학교에 진학해야 했다. 작은언니는 대학 진학을 놓고 시위를 벌이고 있어 나라도 학비를 벌고 싶었다. 은행은 매점 옆에 있어 아침과 점심시간에 매점 일도 도왔다. 방과 후 나의 아르바이트가 시작되었다.

학교는 버스로 한 시간 정도. 학생들이 등교하기 전에 도착하려면 새벽에 일어나야 했다. 부엌에서 엄마가 밥 짓는 소리가 들렸다. 세수하고 방에 들어서면 그때까지 언니와 동생들은 꿈나라에 있었다. 나는 내 학비와 용돈만 벌 뿐이었는데 마치 내가 소녀 가장 같았다.

학교는 야간반도 있었다. 당시 돈벌이로 여자는 방직공장에서 남자들은 가정교사, 신문배달 아니면 사환이 전부였다. 하루 종일 공장에서 일하고 저녁을 빵으로 때우는 야간 학생들의 고달픈 사연을 들을 수 있었다. 그에 비하면 나는 불평할 처지가 아니었다.

어려운 환경에서도 시를 읊었고 낙엽이 구르는 소리에도 까르르, 눈 오는 날 남학생이 미끄러져 '쿵' 하는 소리에도 까르르 웃곤 했다.

방과 후 친구들과 코스모스 길을 거닐며 사진을 찍고 싶었으나 그럴 수 없어 슬펐다. 수학여행은 꼭 가고 싶었다. 그러나 중학생 동생들과 대학에 다니는 작은언니 학비 걱정으로 잠 못 이루는 엄마에게 차마 입을 뗄 수가 없었다. 그런데 간절하면 이루어진다고 했던가. 친구들과 재미로 하는 제비뽑기에 당첨되어 속리산 여행을 갈 수 있었다. 지금도 그 일을 생각하면 가슴이 두근거린다.

언니는 교대를 졸업하고 초등학교 교사, 나는 모교 행정실에 근무하고 있을 때였다. 어느 날 작은언니가 사주 잘 보는 곳이 있으니 가자는 것이었다. 학창 시절 일류

학교를 다녀 엄마에게 공주 대접을 받던 언니 운명이 궁금했다.

우리가 도착하자 사람들이 줄을 서 있었다. 차례가 되어 생년월일과 태어난 시를 넣고 기다렸다.

"동생이 안은 복이 있어. 남편 출세 시키고 군수 부인 되겠네."

"옛?"

우리는 동시에 놀랐다. 언니라면 몰라도 말이 안 되는 소리였다. 가슴 한편에서는 남자 친구가 법대생이라 가능성이 없는 건 아니지만 현실성이 없었다. 나는 이내 머릿속에서 지워 버렸다.

그 일이 있는 후 언니는 내 남자 친구를 만나고 싶어했다. 어떤 성품이고 어떻게 생겼는지 궁금한 모양이었다. 한자리에 앉았다. 인사를 나누고 커피를 마시면서 언니가 뜬금없이 사주쟁이 말을 꺼내는 것이 아닌가. 무안했다. 남자 친구와 그런 말을 할 정도로 가까운 사이가 아니었는데.

나중에 알고 보니 남자 친구의 꿈이 군수였다. 아이러니하게도 그때 작은언니가 본드 역할을 했던 것이다. 언니도 남편도 오랫동안 사주쟁이 말을 담고 있었으니 말이다.

고등학교를 졸업하고 오십여 년 세월이 흘렀다. 딸 다섯 중 넷은 인문학교, 나만 실업학교에 아르바이트까지 했다. 작은언니가 내 진로에 영향을 주었다. 그래서일까, 언니와 운명이 바뀐 것 같은 생각이 든다.

그리고 부모님께 섭섭하다는 생각은 들지 않는다. 일찍 독립해 자립심을 키웠으니까.

작은언니를 생각하며

우리 가족은 광주 변두리로 이사를 했다. 오빠가 6학년, 언니는 3학년. 수창국민학교는 우리 집에서 한 시간 거리였다. 겨울이 되면 작은언니 발이 빨갛게 부었다. 동상에 걸리지 않게 엄마는 매일 따뜻한 물로 문질러 주곤 했다. 오빠가 서중에 입학하고 몇 년 후 작은언니가 전남여중에 합격하니 동네에서 없었던 일이라고 말했다.

우리는 칠 남매다. 아들 하나에 딸이 여섯. 넷째인 나는 작은언니와 두 살 터울이다. 언니의 교복은 둥근 칼라에 허리에 주름을 잡고 벨트를 맸다. 그 모습으로 아침 햇살을 받으며 대문을 나서면 눈이 부셨다.

큰언니는 동생들 목도리도 짜주고 공부도 가르쳐 주었

다. 오빠가 서울에 있는 고등학교에 진학하고 큰언니도 취직이 되어 우리 곁을 떠났다. 졸지에 작은언니가 동생 넷을 거느리는 큰언니가 되었다.

엄마는 일제강점기 때 여자라는 이유로 학교에 못 간 한을 딸들에게 쏟았다.

"여자도 배워야 한다잉."

아버지는 기술을 배워야 한다고 하고, 엄마는 공부를 해야 한다는 논쟁으로 두 분은 가끔 다투셨다.

나는 봄에는 친구들과 나물을 뜯고 여름밤이면 모래밭 에서 수건돌리기를 하며 놀았다. 주일에는 숙자와 성당에 다녔다. 작은언니와 같이 놀았던 기억이 별로 없다.

어느 날 떠돌이 점쟁이가 동네에 왔는데 사주를 보았는 지 엄마가 말씀하셨다.

"둘째 딸이 제일 잘 살아 나중에 자가용 태워 준다더라."

6 · 25전쟁이 지나고 먹고 살기도 어려운 때라 자가용 은 꿈도 못 꿀 시절이었다. 지금의 비행기보다 더했다. 그 래서인지 엄마는 작은언니에게 거는 기대가 컸다.

겨울 방학이었다. 엄마의 일손을 덜어 드리기 위해 언 니와 나는 규칙을 정했다. 아침 설거지는 언니가, 점심은 내가, 저녁은 언니. 그런데 언니가 저녁밥을 먹고는 공부한다고 하니까 엄마가 설거지를 나에게 시켰다.

부엌에 나가기 싫었다. 연탄불에 올려놓은 물은 따뜻했지만 내 차례가 아니기에 불만이 더 컸다. 그러나 어쩔 수 없었다. 언니는 '전남여고'에 합격해 엄마를 기쁘게 해 드렸으니까. 규칙을 깬 언니가 얄미웠다.

엄마가 집에 없을 때였다. 언니에게 말대꾸를 하자 머리를 쥐어박았다.

"똥통 학교 다니는 니가 나한테 대들어야?"

그 말을 듣는 순간, 전남여중에 못 간 응어리가 터지고 말았다. 서로 머리채를 잡고 뒤엉켰다. 그 광경을 앞집 아저씨가 담 너머로 보았다.

"오메! 니들도 싸우냐? 시상에 공부를 잘혀 쌈박질도 안 헐 줄 알았당께!"

그 말을 들으니 부끄러웠다. 소문은 동네 우물가에서 물동이 수만큼 퍼져 나갔을 것이다.

언니가 고등학교를 졸업했다. 아버지는 공무원이 되라셨다. 언니는 이불을 뒤집어쓰고 시위를 했다. 아버지는 두 손 들었다. 작은언니는 동네에서 유일한 대학생이 되었다.

언니는 키도 크고 피부도 하얗고 몸도 튼튼했다. 고운 살결에 복스러운 얼굴. 누가 봐도 부잣집 맏며느릿감이었다. 서울대 의대생과 펜팔을 하면서 방학 때는 가끔 만나는 눈치였다. 서울은 거리가 멀고, 언니를 쫓아다니는 전남대 의대생은 키가 작다는 이유를 댔다. 그 학생들의 장래성을 보지 않았던 모양이다.

엄마가 돌아가시자 언니는 끈 떨어진 연처럼 방황하는 것 같았다. 그런 언니 앞에 신랑감이 나타났다. 교육자 집안에 인물도 좋고, 광주일고와 서울에서 대학을 졸업한 사람이었다. 눈에 콩깍지가 씌었는지 성실성을 보지 못했다. 형부는 '좁쌀 천만 번 구르는 것보다 호박 한 번 구르는 것이 낫다' 하는 사람이었다.

그 무렵 형제들이 미국으로 이민을 갔다. 작은언니와 나 둘만이 남았다. 언니가 큰조카를 낳을 때는 내가 옆에서 지켜 주었고, 내가 결혼해 친구들을 초대할 때는 언니가 도와주었다. 우린 철없이 싸웠던 지난날은 잊고 서로 의지하며 사이좋게 지냈다.

그런데 홀연히 언니가 미국으로 가게 되었다. 엄마가 세상을 떠났을 때도 그렇게 울지 않았는데 언니를 보내고 돌아서서 한없이 울었다. 고아가 된 기분이었다.

언니가 미국에서 잘 산다는 소식이 들려왔다. 세월이 흘러 육십 대에 우리 집에 왔는데 언니 행동이 이상했다. 치매 초기였다. 다시 미국으로 들어갔으나 치매가 심해져 요양원에서 생활하다 몇 달 전 세상을 떠났다.

작은언니는 독실한 원불교 신자다. 평소에 다시 태어나 원불교 '교무님'이 되고 싶어 했다. 그 소원이 꼭 이루어졌으면 좋겠다.

김치 맛이 예전으로 돌아왔어요

■
■
■

죽전 문화센터 옥상에 꽃이 피어 있다. 신세계에 들어선 나를 환영하는 듯 댓잎 사이로 감미로운 음악이 흐르고 있었다.

수필 교실은 또 다른 신세계였다. 선생님 강의뿐만 아니라 수강생들의 따뜻한 사랑과 배려가 있었다. 우리는 문우들의 글에 담긴 사연에 울고 웃었다.

동료들의 글은 손이 닿을 수 없을 만큼 높아 보였다. 준비 없이 들어선 나는 후회가 되었다. 그렇다고 이제 와서 그만둘 수는 없었다.

선생님은 임어당의 글과 소로의 《월든》을 읽고 독후감을 발표하라셨다. 《논어》를 공부할 때는 최인호의 《유림》

을 읽으니 공자의 생애와 사상을 더 깊이 알게 되었다. 좋은 책을 읽으니 머릿속이 채워지고, 메마른 가슴에 감정의 샘물이 흐르는 것 같았다.

수업시간에 선생님의 말씀을 빠뜨리지 않고 메모했다. 그리고 컴퓨터 앞에 앉아 쓰고 고치고 고쳐 작품을 발표할 때 그 뿌듯함에 책상과 걸상마저도 사랑스러웠다.

나는 가끔 엉뚱한 질문도 하지만 열심히 공부하는 학생이다. 흰머리가 까맣게 변할 수는 없지만 마음만은 젊은 날로 돌아가게 해 주는 시간들.

어느 날 딸이 말했다.

"엄마! 엄마 김치 맛이 예전으로 돌아왔어요."

열 살 된 손녀가 내 귀에 대고 속삭였다.

"할머니! 엄마한테는 비밀인데요, 할머니 김치가 더 맛있어요."

손녀에게 뽀뽀를 해 주고 딸에게 말했다.

"이제야 엄마가 제정신으로 돌아왔나 보다."

딸과 손녀의 칭찬은 처음 글을 발표할 때의 희열과 같았다. 그리고 신세계를 소개해 준 친구가 말했다.

"금자야, 너 예전의 미소를 찾은 것 같애."

수필의 세계는 세상에서 묻어 온 먼지를 털어 버렸다. 눈부신 가을 하늘, 눈 쌓인 산자락, 따뜻한 봄바람이 스쳐 가는 것이 아니라 이제 내 가슴에 머물다 갔다.

죽전 신세계를 떠나는 날 회원 한 분이 시를 낭송했다.

나 같은 것이

어쩌다 나 같은 것이
당신을 만나게 되었는지요
어떤 손이 나를 당신 앞에 세우고
차마 눈부셔 마주볼 수도 없는
당신의 부르심에
귀를 열게 했는지요
나는 그것이 참 궁금합니다.

수많은 만남과 수많은 이별
수많은 그리움과 수많은 슬픔
그 가운데 문득 기별처럼 찾아온 당신
어떤 손이 당신의 소망 앞에

시든 잡초 같은 나를 일으켜

사모하라

사랑하라

죽도록 사랑하라

나를 흔들어 깨웠는지요.

(후략)

– 이향아의 〈나 같은 것이〉에서

듣는 순간부터 감정이 복받쳤다. 내 마음을 꿰뚫은 시였다. 이제는 울지 않으리. 내일의 태양은 떠오를 것이고, 선릉에서도 또 다른 신세계가 펼쳐질 것이다.

사라진 목소리

■
■
■

이른 아침, 전화벨 소리에 가슴이 철렁했다. 시어머니가 또 응급실에 가셨나 하는 생각으로 수화기를 들었다. 목소리는 여성단체장을 맡으셨던 김정숙 회장님이었다.

"사모님, 잘 계셨어요?"

인자한 목소리였다.

"통화 못할까 봐 일찍 했어요. 그동안 글 많이 쓰셨어요?"

"아 네, 회장님, 아니요."

처음 쓴 글을 두 편 보내 드리고는 반 년이 지나도록 연락을 못 드렸다. 무슨 일이 있나 염려되어 전화한 것이다. 내 서툰 글을 머리맡에 두고 생각나면 읽고 다음을 기다린다고 했다. 부랴부랴 그동안 쓴 글 몇 편을 보내 드렸다.

며칠 후 다시 전화가 왔다. 외출하고 돌아와 옷도 갈아 입지 않고 글을 읽는다고 하셨다.

회장님과의 인연은 이십 년 전 남편이 고향에서 근무할 때였다. 그분은 육십 대 중반. 영암군에서 다섯 개 여성단 체를 이끄는 수장이었다.

군민의 날 행사가 다가오고 있었다. 처음 맞은 행사였 다. 여성단체에서 선수들 간식을 준비한다고 했다. 그 비 용을 각 단체별로 분담했는데, 우리 '백합회'에 더 많은 금액이 할당되었다.

백합회는 공무원(계장 이상) 부인들로 구성된 단체였다. 관행이라지만 형평성에 어긋난다고 말했다. 나는 사회 초 년생이었다. 반기를 든 백합회장은 처음인 것 같았다. 회 장님은 당황하셨을 것이다.

하루는 관사에서 회장님과 시어머니가 마주치게 되었 다. 그분은 아담한 체구에 젊었을 때 미인이란 말을 들었 을 정도로 피부가 고왔다. 웃을 때 가지런한 치열, 다정다 감한 말씨는 품위가 있었다. 시골에서 농사를 짓는 시어머 니는 누가 봐도 촌할머니였다. 그분은 시어머니에게 앉아서 절을 했다. 그 모습이 단아해 보였다.

회장님은 일제강점기에 학교를 다녔고, 애향심 또한 남달랐으며, 단상에 올라서면 말씀도 잘했다. 여성단체를 잘 이끌었다. 지금이라면 여성 권익을 위해 의회에서 뛰었을 분이다.

남편은 두 해 만에 영암을 떠났다. 도청을 거쳐 내무부로 왔다. 가끔 회장님은 여성회 소식을 전해 주었다. 딸같으니 말 놓으라고 해도 변함이 없었다. 세월은 누구에게도 비켜가지 않는가 보다. 그분도 현장에서 물러났다. 그러나 목소리며 기억력은 여전하였다.

노인정에 가도 말벗이 없어 집에서 소일하니 적적하다고 했다. 당신도 글공부를 했더라면 지금쯤 외롭지 않을 텐데 하며 아쉬워하기도 했다.

여든여덟의 연세에도 마당에 흩날리는 은행잎을 보며 시를 읊어 주고, 비라도 내리는 날은 자작시와 애환이 담긴 글을 읽어 주었다. 당신이 좋아하는 김영랑 시인의 〈모란이 피기까지〉를 들려주며 외로운 노년은 자신이 만든다고도 했다. "글쓰기는 노후에 길동무가 되니 포기하지 말라"며 후배의 글을 읽어 주고 용기를 북돋아 주었다.

우리는 전화로 몇 시간씩 이야기를 나누었다. 전화선이 우리에게 '다리'가 되었다. 또 지난날을 회상하는 공간이기도 했다. 남편이 그곳에서 일할 때 큰힘이 돼 주지 못해 미안하다고도 하셨다. 마음이 통하는 일 년은 이십 년의 공백을 채워 줄 만큼 끈끈한 시간이었다.

반평생 여성단체에서 일하는 동안 얼마나 우여곡절이 많았겠는가. 그의 기록은 여성단체의 역사가 될 것 같았다.

"회장님, 써놓은 글 손자에게 부탁해 컴퓨터에 저장해 두세요."

그 대화가 마지막이었다. 나는 시어머니가 위독해 경황이 없었다.

새해 첫날, 시어머니가 저세상으로 가셨다. 성당에 오십 일 기도를 넣었다.

어머니가 없는 고향집은 쓸쓸하기만 했다. 마루에 서서 월출산을 바라보니 회장님의 목소리가 그리웠다.

번호를 돌렸다. 없는 번호라고 했다. 그럴 리가? 지난달에도 통화했는데. 시어머니 일로 바쁜 사이에 무슨 일이 있었던 것일까. 혹 아프지는 않으신지. 전화로 기쁨과 슬픔을 토로하곤 했는데.

어머니 목소리도 사라지고 회장님 목소리도 사라졌다. 그해 겨울도 사라졌다.

지금도 전화선을 타고 회장님과 시어머니의 음성이 들려올 것만 같다.

뭔 소리여, 아흔까지 살란디

올 추석 연휴는 유난히 길었다. 성남 친구가 소꿉친구들을 만날 거라며 고향에 같이 가자고 했다. 그러잖아도 숙자가 궁금하고, 이십여 년 동안 못 만난 친구도 보고팠다.

우리가 살던 곳은 철길을 건너 '재매'라는 광주 변두리였다. 개천을 끼고 앞 재매와 뒷 재매가 있었다. 여자아이일곱이 앞 재매 한 고샅에서 살았다. 초등학교도 같이 다녔다. 고무줄놀이를 하면서 싸울 법도 한데 우린 그렇지 않았다.

성남 친구는 먼저 내려가고 나는 다음 날 고속버스에 몸을 실었다. 흔들리는 버스 안에서 변했을 친구들 모습을 상상하며 얼굴을 떠올려 보았다.

터미널에 도착하니 숙자 남편과 성남 친구가 기다리고 있었다. 승용차에 오르자 뒷자리석에 숙자가 있었다.

"숙자야! 나 알겠어?"

숙자는 웃으며 내 손을 꽉 잡았다.

차는 도심을 벗어나 무등산 골짜기에 있는 '바람소리'라는 식당에 도착했다. 숙자를 휠체어에 태우고 창가에 앉았다. 산이 보였다. 숙자 남편이 말했다.

"비 오는 날 구름이 산허리에 걸쳐진 풍광은 환상적이에요."

식사가 나오자 그녀 남편은 아내에게 턱받이를 받치고 치즈돈가스를 입에 넣어 주면서 침을 닦아 주었다.

친구들이 광주역으로 모여들었다. 차에 들어가 숙자와 손을 잡고 눈인사를 하고 나왔다. 표정이 밝지 않았다. 우리는 저녁을 먹고 한 친구 집으로 갔다. 지난 이야기로 밤을 지새우는데, 그 자리에 숙자만 없었다.

숙자는 여동생과 함께 할머니, 부모님 사랑을 듬뿍 받으며 살았다. 그런데 아버지가 밖에서 아들 둘을 낳았다. 할머니는 아들을 못 낳았다는 핑계로 며느리를 쫓아냈다. 그날 숙자 엄마는 보따리를 들고 이웃에게 딸들을 부탁하면서 눈물을 훔쳤다. 어린 딸들은 이별이 뭔지도 모르고 할머니 손에 이끌려 집으로 가던 장면이 지금도 눈에 선하다.

2학년 겨울 방학이었다. 성당에서 나온 분이 초콜릿을 주었다. 그렇게 달콤한 과자는 처음이었다. 우리는 성당으로 몰려갔다. 미사가 끝나면 교실에서 환등기로 예수님이 십자가에 못박힌 장면을 보고, 죄를 지으면 지옥에 간다는 것도 처음 알았다.

크리스마스가 지나고 친구들은 다 떠나고 숙자와 나 둘만이 남았다. 일요일 아침이면 서로를 기다렸다. 우리는 주기도문과 성모경을 외웠다. 수녀님이 실 묵주를 주면서 기도하는 방법을 가르쳐 주었다. 성당을 오가는 길에 숙자가 제안을 했다.

"누가 묵주기도 많이 하나 내기하자."

우리는 실 묵주가 까맣게 될 때까지 손에서 놓지 않고 기도하면서 둑길을 걸었다. 숙자는 무엇을 빌었을까? 누군가 그랬다. 어린아이의 기도는 하느님이 들어주신다고.

숙자 새엄마는 아들 셋을 더 낳았다. 아들 부자가 되었다. 숙자는 학교 갔다 오면 동생을 돌보고 동생이 잠들면 물동이로 물을 날랐다. 그 일이 끝나면 기저귀를 빨러

냇가로 갔다. 그다음엔 보리쌀을 갈았다. 그리고 설거지까지. 초등생 숙자는 녹초가 되었다. 작은 손은 늘 부르터 있었다. 동화책에만 콩쥐가 있는 것이 아니었다.

숙자는 중학교에 갈 형편이 안 됐다. 아니 보내려 하지도 않았다. 그 사정을 알게 된 친엄마가 식당에서 번 돈으로 등록을 마쳤다. 고등학교 진학을 두고도 그랬다. 숙자 아버지는 입만 열면 이렇게 말했다.

"기집애가 많이 배워 뭐하냐. 공장에 가서 돈 벌라."

숙자는 진학을 포기하지 않았다. 뒤에 친엄마가 있기 때문이었다. 집안일은 더 열심히 하고 동생들도 잘 돌봤다.

그러던 어느 날 숙자 아버지가 갑자기 돌아가셨다. 집은 지옥으로 변했다. 그곳을 벗어나기 위해 전남 간호대에 갔다. 기숙사는 숙자의 피난처였다. 졸업 후 간호사 생활을 하다 고등학교 양호교사로 갔다. 월급으로 친동생 학비 보태느라 의붓동생에게는 눈 돌릴 여유가 없었다. 그들이 찾아오면 용돈만 줄 뿐이었다.

숙자는 아담한 체구에 얼굴이 달덩이 같고, 얇은 쌍꺼풀에 눈웃음을 지었다. 초등학교 선배 언니가 숙자를 자기 동생에게 소개했다. 그 남자는 초등학교 동창이었다. 그

래서 더 빨리 가까워졌는지 모른다. 사랑을 하고 결혼을
했다. 그리고 아들 둘을 낳고 행복하게 살았다.

어느 날 광주에서 최영희라는 여고 동창을 만났다.

"너 표숙자 아니?"

"응, 소꿉친구야."

"그 앤 정말 천사야."

성당 합창단원이라고 했다. 숙자가 궂은일은 도맡아 한
다고 했다. 친구가 자랑스러웠다. 어렸을 적 엇나갈 만도
했는데 신앙의 힘으로 모든 것을 수용하며 긍정적으로 살
고 있는 숙자가 자랑스러웠다.

오랜만에 서울에서 숙자를 만났다. 식사를 하면서 그녀
가 말했다.

"우리가 묵주기도를 열심히 해서인지 성실한 남편을 만
난 것 같아."

"나도 그렇게 생각했는데, 너도 그랬니?"

우리는 손을 잡고 웃었다. 그런데 미세한 떨림이 전해
져 왔다.

숙자는 파킨슨씨병이었다. 그 병을 알게 된 날, 부부는 머
리를 맞대고 의논했다고 한다. '걸을 수 있고 정신이 있을

때 세계를 돌아다니자'는 결론을 내리고 두 사람은 오십 대 초반에 명예퇴직을 했다는 것이었다.

부부는 배낭을 메고 사십 일간 중남미를 시작으로 남미 삼십 일, 그리고 아프리카. 인도는 여섯 번. 중국은 안 간 곳 없이 누비고, 두세 번씩 간 곳도 있다고 했다. 여행은 숙자에게 만병통치약이었다.

그렇게 15년 동안 세계를 돌아다녔다. 숙자 남편은 여행길에서 그 고장 역사와 문화 그리고 풍습 등을 꼼꼼히 기록했다. 중국은 동부와 서부로 나누고 나머지는 한데 묶어 세 권의 책을 출간했다. 그 책들이 여행자들에게 인기가 좋다고 한다. 사람들은 그 부부를 '빚고을 방랑자'라 부른다.

지금 숙자는 남편을 알아보는 시간이 채 5분도 안 된다. 혼자 침대에서 일어나 용변을 해결하지 못하고, 밥도 먹여 줘야 한다. 삼 년 전까지만 해도 기저귀 차고 남편을 따라다녔는데.

그녀 남편은 아내를 위해 우울증 약을 먹어 가면서 손발이 되어 주고 있다고 한다. 누나는 그런 동생이 안쓰러워 수시로 말한다.

"할 만큼 했으니께 이제 요양원에 보내라잉."

"아따 그럴 수는 없당께요. 사랑으로 시작했으니 사랑으로 끝내야죠."

숙자가 아산병원에 입원했다. 밥을 잘 받아먹는 것을 보고 숙자 남편에게 말했다.

"삼 년은 거뜬하겠네요."

"뭔 소리여, 삼 년이. 아흔까지 살란디."

숙자 남편이 호탕하게 웃었다.

나, 사랑에 빠졌어요

■
■
■

미국에서 사는 여동생 둘이 관광 차 왔다. 남해 일대를 한 바퀴 돌고 와서는 작은동생이 말했다.

"언니, 눈썹 문신하고 얼굴 점을 뺄까 해요. 좀 알아봐 줘요."

한국에서 하면 비용도 절약되고 시술도 잘한다는 것이다. 내 친구들도 육십 즈음에 알게 모르게 손을 댔다. 나는 외적인 것은 관심 밖이어서 막상 소개하려니 아는 곳이 없었다. 수소문 끝에 눈썹은 서울에서 하고, 점은 우리 동네에서 빼기로 했다.

동생이 문신을 하고 나왔는데 눈매가 깔끔했다. 그 모습에 마음이 동해 의자에 앉았다. 시술자는 한참 그리고 지우기를 하더니 거울을 비춰 줬다. 선이 또렷했다. 진작 했더라면 잘못 그려 애태우지 않았을 텐데 하는 생각이 들었다.

다음 날 점을 빼러 갔다. 동생에게 깨끗한 얼굴에 손을 대려 한다며 핀잔을 주었는데 의사는 점을 백 개나 뺐다는 것이었다.

그리고 나서 동생들과 맛집도 가고 남대문도 가고 같이 백양사도 다녀왔다. 이곳저곳 구경하다 보니 푸르던 잎이 빨갛게 물들어 가고 있었다. 하늘이 눈부시게 아름다운 날, 동생들은 썰물처럼 빠져나갔다. 형제들이 떠난 자리는 늘 허전함이 남는다.

마루 깊숙이 햇살이 들어왔다. 소파에 앉아 손거울을 들었다. 얼굴에 까만 점들이 깔려 있는 게 보였다. 사람들이 동안 피부라 했는데 이제는 아니었다. 좀처럼 흔들리지 않을 것 같은 마음이 흔들렸다.

'젊음을 잃은 슬픔이 애인을 잃은 슬픔보다 더 크다'고 누가 말했는데, 내 심정이 그랬다. 해지기 전 노을이 아름답다고 했지. 나보다 어린 동생도 얼굴에 손댔는데 나라고 손놓고 있을 수야 없지. '쇠뿔도 단김에' 병원으로 달려갔다. 대기실에는 육십 대는 물론이고 칠십 대 아주머니, 아저씨들로 꽉 차 있었다. 이제 피부 관리는 여성만의 전용이 아니었다.

"얼굴 점 빼러 왔어요."

"깨끗하니까 좀 깎아 드릴게요."

의사가 웃으면서 말했다. 얼굴에 마취크림을 바르고 기다리는데 나이 지긋한 분이 옆에 앉았다. 궁금해 물었다.

"무엇 하러 오셨어요?"

"IPL 하러요."

그러면서 여자란 죽는 순간까지도 거울을 본다며 IPL에 대해 설명했다.

"IPL(Intense Pulsed Light)은 레이저로 잔주름, 피부탄력, 모공축소는 물론 피부질환을 치료하는 기계예요."

마취로 얼굴이 굳어 갈 무렵 간호사가 불렀다. 침대에 누웠는데 의사는 시술하는 동안 주의사항을 말했다. 그리고 더 이상 참을 수 없을 즈음에 손을 놓고 말했다.

"점을 이백 개는 뺐어요. 앞으로 관리가 더 중요합니다."

동생보다 점이 많은 데 놀랐다. 간호사가 IPL까지 받으면 점 빼는 값은 무료라고 해 솔깃하여 예약을 하고 말았다.

예약 날짜가 다가왔다. 몸이 먼저 반응했다. 두려웠다. 시술대 위에 올랐는데 의사가 말했다.

"긴장 푸세요."

수건으로 눈을 가렸지만 불이 번쩍였다. 손을 불끈 쥐었다. 의사는 빛의 강도를 조절하며 얼굴 전체를 쏘아댔다. 침대에서 내려올 때는 다리가 휘청거렸다. 간호사가 옆방으로 데려가 얼굴에 팩을 붙여 주자 그제야 긴장이 풀렸다.

그 해 겨울 내내 아침저녁으로 피부 재생크림을 정성껏 발랐다. 나를 위해 무언가 해 보기는 처음이었다.

시간이 갈수록 피부 톤이 맑아졌다. 나이가 뒷걸음치는 기분이었다. 오랜만에 만난 문우가 속삭였다.

"헤어스타일도 바꿔 보세요."

그 말을 듣고 젊은 날 다니던 미용실에 갔다. 머리 모양 하나 바꾸었는데 젊어진 기분이었다. 청바지를 입고 서랍에 잠자고 있던 팔찌와 목걸이로 치장을 했다. 그런 나를 보고 사람들이 물었다.

"요즘 연애하세요?"

"예, 사랑에 빠졌어요."

"어떤 사람하고요?"

"세상에서 가장 소중한 사람."

"그 사람이 누군데요."

나는 잠시 뜸을 들였다가 말했다.

"나요, 바로 나하고요."

엄마와 붕어빵이라고 해 주세요

손녀에게서 전화가 왔다.

"할머니, 《빨간 머리 앤》 책상 위에 두고 왔어요."

용돈을 모아 만오천 원 주고 샀다고 했다.

이 책은 내가 중학교 때 읽었고, 딸도 읽었고, 손녀도 중학생이 되더니 읽고 있던 모양이었다. 삼대가 '앤'을 좋아하다니, 신기했다.

1975년에 딸이 태어났다. 둥실한 이마에 까만 눈썹, 맑은 눈과 완만한 코가 제 아빠를 닮았다. 초등학교에 들어가더니 공부도 곧잘 했다. 고등학교를 졸업하고 서울에 있는 대학에 진학했다. 남녀 공학이었다. 딸바보가 된 남편은 오리엔테이션에 보내지 않았다.

우리 가족은 서울로 이사를 했다. 딸은 시골에서 갓 올라온 나를 미용실에 데리고 갔다. 옆에 앉았던 사람이 우리를 보고 말했다.

"딸이 엄마를 안 닮았어요!"

그 말을 듣는 순간 기분이 묘했다.

딸은 대학을 졸업하고 학교에서 영어를 가르친다. 동아리 선배와 결혼해 첫 딸을 낳았다. 사위는 지금은 교수가 되었지만 그때는 시간 강사라 일찍 출근하는 아내 대신 손녀를 돌보며 아주머니에게 데려다 주는 담당이었다. 둘이서 알콩달콩 내 도움 없이 잘 키우고 있었다. 나는 이 말 한마디만 해 줄 뿐이었다.

"아이는 세 살 버릇 여든까지 간다."

딸이 쉬는 날이었다. 아이를 유모차에 태우고 마트에 가는 길에 동네 아줌마를 만났다. 손녀를 보더니 이렇게 말했단다.

"아기가 엄마를 안 닮았네요."

내가 미장원에서 들었던 말을 딸도 들은 것이었다.

둘째를 낳자 잠시 육아 휴직을 했다. 손자가 초등 2학년이 되면서 여고로 옮겼는데, 야간자율학습이 있어 아이들을 돌보기가 어려워졌다. 학교를 그만둘지 아니면 계속 다닐지 고민하기에 나는 전자에 찬성했다. 그런데 뜻밖에도 정년까지 가겠다는 것이었다.

퇴근이 점점 늦어졌다. 그래도 나를 부르지 않고 둘이서 아이들을 잘 키웠다. 여름방학이었다. 카톡이 울렸다.

"엄마! 저 여행 가요."

방학이라 다 가는 줄 알고 물었다.

"가족 모두?"

"아뇨, 친구들이랑 4박 5일."

"사위와 애들은 어떻게 하고?"

걱정이 되었다. 둘째가 갓난아이 때 자다 깨다를 반복해서 잠들 때까지 업고 키웠다. 그래서인지 아이들은 새끼 오리처럼 엄마 뒤만 졸졸 따라다녔다. 딸 소원이 친정에 아이들 맡기고 남편과 단둘이 여행 가는 것이었다. 그런데 그 절차를 생략하고 친구들과 여행을 떠나다니?

손녀에게 전화했다. 수화기에서 밝은 목소리가 들려왔다.

"밥은 아빠가 하구요, 설거지는 제가요."

손녀는 지난해까지만 해도 '가스불 접근 금지'였다. 그 말을 들었을 때 딸 어렸을 적 생각이 나 속으로 웃었다.

딸이 유치원에 다닐 때였다. 해질 무렵 집에 왔는데 부엌에서 친구와 도란거리는 소리가 들렸다. 연탄불 위에는 쌀과 물을 똑같이 부은 밥솥이 있었다. 소꿉놀이가 아닌 실제 상황이었다. 아찔했다.

"소영아! 제발! 크면 시킬게."

그 뒤 '부엌 출입 금지령'을 내렸다. 초등학생이 되더니 싱크대를 오가며 내가 반찬 만드는 것도 보고, 고추장 만드는 것을 눈여겨보고 있었다.

딸이 열두 살 되던 해 시아버지가 갑자기 돌아가셨다. 아이들을 맡길 친정 형제가 없었다. 학교에 다니는 둘을 집에 두고 삼우제까지 지내고 왔다. 걱정했던 것과는 달리 밥은 딸이 하고, 설거지는 동생이, 청소는 번갈아가며 했다는 것이었다. 그 뒤 시골에 갈 적마다 부엌은 딸 담당이었다. 동생 도시락까지 싸주는 누나였다. 그때서야 어른들이 '큰딸은 살림 밑천'이라던 말이 실감났다.

손녀도 열 살부터 방과 후 친구들과 놀다가도 동생이 어린이집 끝날 시간이 되면 달려갔다. 동생 손을 잡고 문방구에 들르기도 하고 엄마가 준비해 놓은 간식을 먹었다. 비 오는 날 엄마에게 우산을 가져다주기도 한 애였다.

손녀가 열두 살이 되었다. 우연의 일치일까. 딸은 부엌을 남편과 손녀에게 맡기고 여행을 떠났다. 공항에서 그 사실을 알렸을 때는 나름대로 생각이 있겠지 싶어 궁금했지만 달려가지 않았다. 엄마는 딸에게 가스불 조심, 설거지 하는 방법을 가르쳤을 것이다. 그래도 궁금해 다시 전화를 걸었다.

"할머니! 제가 밥도 했어요."

"어머! 어쩌면 엄마 어렸을 때랑 똑같니!"

"붕어빵이라고 해 주세요! 엄마는 저의 롤 모델이거든요."

손녀는 자라면서 엄마와 닮지 않았다는 말에 상처를 받았을 텐데, 엄마를 무척 자랑스러워한다.

할머니, 엄마, 손녀가 '빨간 머리 앤'을 좋아하며 사춘기를 보냈다. 앤은 긍정적이고 밝은 소녀다. 딸도 손녀도 매사 긍정적이다. 요즘 세상에 밥하는 것을 자랑으로 여기는 손녀를 보고 있으니 딸의 어릴 적 모습을 보는 것 같다.

비밀번호 바꿀 거야

■
■
■

"여러분! 우리 아들 장가가요!"

아파트 창문을 열고 소리치고 싶었다.

아들은 올 초만 해도 퇴근하면 헬스장에서 몸을 풀고, 쉬는 날은 집에서 빈둥거렸다. 가슴이 답답했다.

서른 살 때만 해도 괜찮았다. 다섯을 넘기면서는 초조해졌다. 지인들 소개로 서울은 물론 광주, 창원, 심지어 부산까지 짝을 찾아 나섰다. 그때까지만 해도 마음의 여유가 있었는지 궁합도 보고 따지기도 했다.

서른일곱이 되더니 아들이 선언했다.

"이제부터 제 짝은 제가 찾을 겁니다."

그 후로는 아무리 좋은 자리가 나와도 꿈쩍 안 했다. 옥신

각신하다 결국에는 큰소리가 났다. 화가 나 딸네 집으로 향했다. 손주들 재롱을 보면 마음이 풀렸다. 친구 아들 결혼식에 다녀온 날은 짝없는 아들이 더 안쓰러웠다.

봄비가 내리고 있었다. 우울한 마음에 문자를 보냈다.

"네 결혼이 늦는 것이 내 탓인 양 마음이 아프다."

"아닙니다. 하루를 살더라도 목숨 바쳐 사랑할 여자를 찾을 겁니다."

"아니! 그 나이에 그런 유토피아를 꿈꾸다니?"

한 달쯤 지나서였다. 머리에 무스를 바르고, 얼굴에서 스킨 냄새가 나고, 흰 바지에 빨간 티를 입는 날도 있었다. 점점 귀가 시간이 늦어졌다. 마음에 든 여자를 만났나 보다. 그 사랑이 깨질까 봐 묻지도 따지지도 않았다.

얼마쯤 지나서였을까. 커플 목걸이를 보여 주면서 그녀의 오빠와 여동생을 만났고, 부모님도 만났다는 것이었다. 빨리 가까워진 것은 취미가 같아서일 것이다.

며느릿감을 선보는 날, 가슴이 떨렸다. 아가씨가 걸어오는데 키도 크고 얼굴은 계란형, 미인이었다. 가까이서 보니 눈매가 서글서글했다. 잘 어울렸다. 늦게라도 인연은 만나는 것을.

예식장은 양가가 편리한 분당선을 따라 찾았다. 그때가 6월인데 12월까지 꽉 찼다고 해서 걱정을 하고 있었다. 그렇다고 다음 해로 미룰 나이가 아니었다. 수소문해 보니 10월 31일 11시가 나왔다. 조금 이른 시간이지만 찬밥 더운밥 따질 때가 아니었다.

십여 년 전, 딸이 결혼할 때는 딸이 집 얻는 것부터 알아서 척척했다. 직장이 서울인데 일산에 집을 얻고도 행복한 표정이었다. 저축한 돈으로 인터넷 정보를 보고 살림을 장만했다. 내가 한 일이 별로 없었던 기억이 났다.

아들 결혼 날짜도 잡고, 이제 집 구하는 일만 남았다. 친정집 근처는 이미 너무 올랐고, 수지에는 작은 평수가 귀했다. 둘이서 한 달을 동백지구까지 누비는 눈치였다. 하필이면 아들이 전세 대란 속에 있었다. 친정 오빠 집도 비었고, 여차하면 우리 집에 들어올 수도 있으나 자기들만의 보금자리를 원했다.

전세는 하루가 다르게 올라 매매가와 별 차이가 없었다. 중개사는 융자를 받아 집을 사라고 아들을 부추겼다. 남편의 내게 했던 유언을 말해 주었다.

"결혼할 때 꼭 전세를 얻어 줘요."

칠순 기념 여행

　처음부터 빚으로 시작하면 안 된다고 했다. 나는 "살림하면서 저축한 돈으로 집을 사야만 애정이 가고 귀한 줄 안다"고 덧붙였다.

　마땅한 집이 나오지 않자 후회가 되었다. 여기서 흔들리면 안 돼, 주먹을 불끈 쥐었다. 부동산에 '주차만 가능하면 빌라도 OK' 문자를 넣었다. 연락이 왔다. 그것도 놓칠세라 서둘렀다.

버스를 타고 가면서 이 많은 아파트 중에 아들이 살 집은 없을까, 그 생각뿐이었다. 차마 예쁜 며느리에게 치안이 허술한 집을 얻어 줄 수가 없었다. 옆 동네를 지날 때 무언가에 홀린 듯 버스에서 내려 먼저 눈에 띈 공인중개사 사무실로 들어갔다.

"작은 평수 전세 있나요?"

"네, 딱 하나 있네요."

예상한 금액이라 즉시 계약했다. 늦게 도착한 며느리와 내부를 둘러보았다. 중개사가 페인트칠하고 도배하면 새집이 될 것이고, 전철이 개통되면 강남까지 30분에 갈 수 있다고 보충설명을 했다. 당분간 출퇴근이 어려울 텐데 며느리는 미소로 답했다.

요즘 추세는 시집은 멀고 친정이 가까워야 한다. 그런데 우리 집과는 차로 5분 거리 '시어머니가 수시로 드나들지 않을까' 걱정할까 봐 미리 말했다.

"너희 집 비밀번호 알려주지 마. 우리 집 비밀번호도 바꿀 거다."

명예롭지 않은 훈장

■
■
■

진료실을 나와 수납 창구로 가니 직원이 말했다.

"심금자 씨죠? 천삼백 원입니다."

"예에? 천삼백만 원이라구요?"

"아니요, 천, 삼, 백, 원이에요."

순간 넋이 나간 모양이었다. 이런 적이 이번만이 아니라 십여 년 전에도 있었다. 남편이 서울 병원에서 재검사를 받고 결과와 수술 날짜를 알려 준다기에 전화기 옆을 떠나지 않고 있던 중이었다.

"심금자 씨죠? 롯데백화점에서 카드를 쓰고 있어요. 빨리 막아요."

"어떻게 하면 돼요?"

"내가 시키는 대로 하세요."

은행에 달려가 그 사람이 지시하는 대로 했다. 신용대
출까지 누르려는데 옆에서 쿡 찌르며 말했다.

"보이스 피싱이에요."

정신이 번쩍 들었다. 이미 통장에서 오백만 원이 빠져
나간 후였다. 훗날 아이들에게 말했더니 '엄마가 당하다
니' 하며 믿지 않는 표정이었다.

작년 12월 말 건강검진을 받았다. 의사가 위에서 조직
을 떼어 냈다고 했으나 무사태평이었다. 해가 바뀌고 일
주일이 지나도 소식이 없었다. 형님들과 스크린 골프를
치는 날, 지나가는 말처럼 "조직 검사를 했는데 소식이
없네요"라고 말하자마자 핸드폰이 울렸다.

"조직에 이상이 있으니 내일 병원으로 오세요."

그날 밤 이런저런 생각에 뜬눈으로 밤을 지새웠다.

다음 날 의사는 큰 병원으로 가라며 예약을 해 주었다.
가지고 간 동영상을 들여다본 서울대병원 의사도 같은 말
을 했다.

"위암입니다. 재검사는 한 달 후구요."

모니터에 나타난 영상을 보니 뻘건 암세포가 금방이라

도 온몸에 퍼져 나를 삼켜 버릴 것 같았다. '왜 한 달 후예요?' 물어보지도 못하고 허겁지겁 나왔다.

진료실 문을 나오는데 사람들이 나를 쳐다보는 것 같았다. 하행선 전철을 타야 하는데 상행선에 서 있었다. 집에 어떻게 왔는지 모른다.

나이 칠십. 죽음이 멀리 있다고 생각했는데 가까이에 있었다. 죽음은 지나간 영화 한 장면을 떠오르게 했다. 스무 살 여주인공이 불치병에 걸렸다. 그 사실을 가족들에게 말도 못하고 혼자 부르던 노래가 있다.

　　꿈은 사라지고 바람에 날리던 낙엽
　　내 생명 오동잎 닮았네.
　　모진 바람을 어이 견디리.
　　지는 해 잡을 수 없으니 인생은 허무한 나그네
　　봄이 오면 꽃피는데 영원히 나는 가네.

오십 년 동안 부르던 노래지만 눈물이 나진 않았었다. 그런데 주인공이 나라고 생각하니 앞 소절부터 목이 메고 눈물이 하염없이 흘러내렸다.

남편이 암으로 저세상에 갔을 때 난 바닥으로 떨어진 느낌이었다. 그런데 내가 암이라니 지하실로 떨어진 기분이었다. 어둠 속에서 자존심도 상하고 자식들에 부끄러웠다. 아이들에게도 알리고 싶지 않았는데 재검사 때는 보호자와 동행하라고 명시되어 있었다. 망설이다가 딸에게 입을 뗐다. 사위가 친구를 통해 내 상태를 알아본 후 딸이 조심스럽게 말을 꺼냈다.

"재검사를 해 봐야 내시경으로 할지, 위를 잘라 낼지 알 수 있대요."

얼마 전 헬스장 친구가 위암으로 저세상으로 갔다. 무서웠다. 나는 하느님께 매달리면서 아들에게는 큰소리쳤다.

"엄마는 위기를 기회로 만들 거야."

병원에서는 처방이 없었다. 한 달을 어떻게 보내야 할지 막막했다. 위 수술 받은 형님에게 물어보고 싶었으나 끝내 말을 꺼내지 못했다. 친구들을 떠올려 보았다. 결론은 어차피 인생은 혼자 가는 길, 죽음도 마찬가지다. 남편이 병마와 싸우면서 주위에 알리지 않았던 심정을 알 것 같았다.

주변 정리를 해 나갔다. 만일 위를 잘라 낼 경우 먹지 못해 체중이 빠지고 그러면 삶의 질이 달라질 것이다. 그걸 대비해 친구들에게는 담양으로 산천 유람을 떠난다고 말해 시선을 다른 쪽으로 돌려놨다. 아무도 모르는 곳으로 칩거할 계획이었다.

병에는 '골든 타임'이 있다고 한다. 어머니들은 아기를 낳으면 대문에 금줄을 쳐놓고 외부와 단절하고 삼칠일을 지켰다.

그리고 남편에게 했던 식이요법을 떠올렸다. 무, 우엉, 당근, 시래기, 표고버섯을 넣고 끓인 야채수를 아침에 일어나 따뜻하게 한 잔 마셨다. 그리고 30분 후 더운 지방에서 온 과일즙을 소주잔으로 한 잔, 마지막에는 추운 지방에서 온 버섯을 따뜻한 물에 타 한 컵 마셨다.

그렇게 점심 저녁까지 하루도 빠뜨리지 않고 마셨다. 밥은 소화가 안 돼 죽으로, 반찬은 자연식으로, 마늘은 한 끼에 다섯 개씩, 두 달 동안 백 개는 먹은 것 같다.

일주일이 지났다. 야채수가 몸에 들어가면 콧등에서 땀이 났다. 말라 버린 가지에 움이 트듯 말이다. 오후에는 헬스장에서 땀을 흘리고, 저녁에는 배에 핫팩을 대고 족욕으로 독소를 빼냈다.

암은 자신의 존재를 알리기 위해 신호를 보냈을 것이다. 돌아보니 젊어서부터 위염을 달고 살았다. 언제부턴가 가스불 냄새가 역겨워 부엌에 들어가기 싫었다. 조리하지 않은 음식, 차게 먹은 것이 문제였다. 그리고 고기를 먹고 승용차를 탔는데 입덧처럼 속이 메스꺼운 적이 몇 번 있었다.

아이들이 "외가는 가족력이 없어 엄마는 암에 안 걸릴 거라" 해서 아들은 큰 보험 들고 나는 작은 것 하나 들었을 뿐이다. 또 주위에서 피부가 건강하다 했고, 헬스장에는 일주일에 두세 번 갔다. 체력을 다져서인지 골프도 곧잘 쳤다. 그래서 내가 암에 걸렸으리라고는 꿈에도 생각지 못했다. 한치 앞을 알 수 없는 게 인생이라더니.

식이요법을 한 지 보름이 지났다. 아침에 일어나면 텁텁하던 입안이 개운해져 갔다. 위장이 좋아지니 침샘이 열리고 배고픔도 느껴졌다. 죽만 먹었는데 수술할 때는 체중이 1킬로그램 늘어났다.

재검사 날, 선생님에게 숙제 검사 받으러 가는 것 같았다. 의사는 초음파 내시경으로 위 점막 밑까지 샅샅이 뒤지고 조직도 떼어 냈다. 며칠 후에는 CT도 찍었다. 모든 검사가 끝나고 하늘의 뜻만 기다렸다.

결과 나오는 날, 속으론 몹시 떨렸으나 의사 앞에서는 덤덤한 표정을 지었다. 위 영상에는 뻘겋던 암세포가 거무죽죽하게 보였다. 의사가 말했다.

"전이된 곳은 없고요, 4센티미터 정도라 내시경으로 점막을 생선 포 뜨듯 오려내면 되겠네요. 수술은 3월 6일이구요, 입원해 다음 날 수술받고 그 다음 날 퇴원하면 되겠어요."

"또 한 달 후에요? 그동안 암이 퍼지면 어떡해요?"

"그렇게 빨리 퍼지지 않습니다."

"감사합니다."

진료실을 나오면서 속으로 외쳤다.

"만세! 살았다!"

집으로 가는 발걸음이 가벼웠다. 그동안 편도선이 아팠으나 병원에 가지 못했다. 미금역에 있는 단골 이비인후과에 들렀다. 의사는 진료를 마치고 내 의무기록 카드를 보더니 말했다.

"왜, 중증으로 나와요?"

"그게 나옵니까? 건강검진에서 위암 진단 받았어요. 초기

래요."

"다행입니다."

그 말이 가슴 깊숙이 들어왔다. 나 또한 다행이라는 말
을 수없이 되뇌었다. 무엇보다 6년 동안 써 온 남편을 위
한 글을 내 손으로 마무리할 수 있게 되어 다행이었다.

수술이 끝나고 두 달이 흘렀다. 베란다에 나가니 봄바
람이 가슴에 들어왔다. 따스한 햇살, 푸른 하늘, 만개한
벚꽃이 사랑스러웠다.

위 상처는 곧 아물 것이고, 겉모습에는 아무런 변화가
없다. 이 사실을 우리 아이들 외에는 아무도 모른다. 그런
데 내 의무기록 카드에는 '중증'이라는 명예롭지 않은 훈
장이 남아 있을 뿐이다.

고 김광진 군수 진영(眞影)

추모시   고향의 품에서 연꽃으로 오소서   오금희
추모글   친구 김광진 군수를 생각하며   백도선

고향의 품에서 연꽃으로 오소서

- 고 김광진 선배님을 추모하며

지난가을 밝고 건강하시던 선배님께서
결혼식 주례를 하시던 모습이 생생하기만 한데
온 천지에 국향 가득한 날
열반의 길에 드셨다는 문자 메시지를 받고
고향 하늘은 슬픔에 잠겼었지요

공직자로서 혼신의 힘을 쏟으시며
후배 공무원들의 귀감이 되셨고
사랑하는 후배들에게 희망과 용기와 꿈을
아낌없이 주신 당신은
진정 존경하는 선배님이셨지요

슬픔에 싸인 청천하늘은 어둠에 가려 빛을 잃었고
지는 해 붙잡을 수 없듯이

말라 버린 대지를 초연히 적시고 간

큰 별을 잃어버린 고향 하늘에

영원히 큰 빛으로 남아 주소서

국향대전이 열리는 고향 축제에서

선배님 모습은 찾을 수 없지만

그윽한 국향 온누리에 적시는

선영의 품에 안기신 선배님

아쉽고 안타깝지만 국화꽃으로 가신 님

소슬바람 불어오는 고향의 품에서 연꽃으로 오소서

힘들었던 일 어려웠던 일 괴로웠던 일 모두 잊으시고

편히 쉬소서.

오금희 시종중 6회

친구 김광진 군수를 생각하며

백도선 전 장흥 군수

　내 친구 김광진을 만난 것은 1979년 가을이었다. 전남 도청에서 처음 보직을 받는 날이었다. 법무담당관실로 들어섰는데 낯익은 사람이 있었다. 그를 보는 순간 나는 창구에서의 기억이 떠올랐다.

　1976년 제18회 행정고시 2차 접수 창구 앞에서 줄을 서 있었다. 내 앞쪽 세 번째 사람이 자기 차례가 되자 창구 직원에게 물었다.

　"지금 접수번호가 몇 번입니까?"

　창구 직원이 대답하자, 그는 접수하지 않고 물러나 내 뒤에 섰다. 합격을 위하여 수험번호까지도 정성을 다하는 그를 보고, '특별한 사람이며 또 그럴 수 있겠구나'라고 생각하였다. 이름은 몰랐어도 잘생긴 얼굴과 수험번호는 생각이 났다.

몇 달 후 합격자 발표가 있었고 김 행정관은 합격, 나는 수험번호가 나빠서(?) 합격자 명단에 없었다.

나는 다음 해 합격하여 전남도청 법무관실로 발령이 났다. 그는 체신부에 근무하다가 내무부로 옮겨 그와의 동행이 시작되었다. 그는 법제업무를, 나는 송무업무를 맡았다. 어느 날 식사자리에서 내가 그때 이야기를 했더니 김 행정관이 말했다.

"듣고 보니 내가 백형의 합격을 가로챘군요!"

우리는 크게 웃으면서 서로의 앞날을 격려하였다.

가을이 깊어 가면서 업무도 파악되었고, 열정도 생겨났다. 법무담당관은 진도가 고향인 박원리 과장님이었다. 성함이 말해 주듯 개성이 강하고 원리·원칙주의자였다.

법무담당관실 기능을 활성화하기 위해 도지사에게 건의하여 도정의 중요문서는 반드시 법무담당관의 합의를 받아 적법한 행정처분이 되도록 했으며, 일선 27개 시·군 행정에 이견이 있는 경우에는 공정한 행정심판을 통하여 권리구제와 함께 위법·부당한 행정처분이 없도록 지도하였다. 법무담당관실이 성가신 부서가 되었다고 불평도 있었지만 긍지와 보람으로 열심히 일을 해 나갔다.

박원리 법무담당관은 3대 독자 아들을 두었는데, 외무고시에 합격한 후 외무공무원으로 뉴욕 총영사관에 근무하면서 하버드대학에서 공부하고 있었다. 때때로 대학 학장이나 지도교수가 학부모인 박원리 법무담당관에게 편지를 보내 왔다.

'자녀분이 학교 생활을 잘하고 있으며 우수한 성적과 활동으로 다른 사람들의 모범이 되고 있어 부모님께 감사드립니다'는 내용이었다.

김 행정관은 박원리 법무담당관님에게 영문 편지를 번역하여 읽어 드리고, 또 대신하여 답신을 쓰기도 하였다. 아들이 보고 싶을 때면 김 행정관에게 수시로 편지를 읽도록 부탁했고, 김 행정관은 자기 부모님께 하듯 지극정성으로 그 일을 하였다. 박원리 담당관은 영어를 잘 몰랐지만 하버드대학 문장이 새겨진 편지를 보며 사랑하는 아들의 체온과 음성을 듣고 싶었던 것이었다.

가을이 가고 겨울이 왔다. 박원리 담당관은 장기를 무척 좋아하였다. 토요일 오후에 시작된 장기는 밤이 깊도록 계속되었다. 자존심과 승부욕이 강한 박원리 담당관과 매사에 흐트러짐이 없고 열정을 다하는 김 행정관의 장기판이 쉽게 끝나지 않았다. 통금이 가까워지면 두 사람의 대국도 어쩔 수 없이 다음 날로 미루어졌다. 장기판을 거두면서 박원리 담당관이 말했다.

"내일 집으로 점심 먹으러 오게."

일요일의 장기 연장전은 점심, 저녁 식사 시간을 빼고 종일 계속되었다. 사모님의 정성스러운 음식과 담당관님이 바다낚시로 잡은 생선은 어탁 그림과 함께 우리를 즐겁게 해 주었다.

우리는 법무담당관실을 떠난 삼 년 후, 슬픈 소식을 들었다. 박원리 법무담당관의 아들이 혼담이 있어 귀국길에 항공기 사고로 목숨을 잃었다는 것이다. 김포공항에 착륙할 때 항공기에 화재가 발생하였고, 승무원들과 함께 승객을 대피시키다가 정작 자신은 피하지 못하고 순직한 것이었다. 더욱 안타까운 일은, 박원리 법무담당관 내외분도 그로부터 두 해를 넘기지 못하고 사랑하는 아들 곁으로 간 것이었다. 김 행정관은 너무 슬프다고 울먹였다.

겨울이 가고 봄이 되었다. 이른 어느 봄날, 김 행정관이 초대하여 그의 고향 영암군 시종면을 찾았다. 마을 앞으로는 영산강 지류가 흐르고 멀리 월출산이 펼쳐져 있는 평화스러운 시골 마을이었다. 동네 앞 바다에서 물고기를 잡아 회를 먹으며 즐거운 한때를 보냈다. 내가 농담으로 말했다

"월출산에서 용이 나왔군요!"

그러자 김 행정관이 대답했다.

"꿈을 꼭 이루겠습니다!"

그의 말과 눈빛 속에 결연한 의지가 엿보였다.

1980년 5월은 오지 않았으면 좋았을 계절이었다. 신록은 석가탄신일 때가 가장 아름답고 향기롭다. 청사 앞 큰 은행나무가 그늘을 드리우고 금남로의 가로수들도 연초록색으로 푸르렀다. 도청 앞 분수대 옆에는 부처님 오신 날을 봉축하는 탑등이 세워져 부처님의 자비가 온누리에 충만하기를 기원했지만 세상은 그렇지 못했다.

5 · 18! 살아남은 것이 부끄러운 날들이었다. 5월 27일 며칠 만에 도청에 출근했다. 현장은 정리되어 있었지만 화약 냄새와 피비린내가 참혹했던 시간을 말해 주었다.

사무실에는 사무용품들이 흩어져 있고 책상 서랍도 열려 있었다. 열린 서랍 밑에 낡은 양말과 라면 봉지가 있었다. 항쟁 기간 동안 누군가가 사무실에 들어와 사용할 만한 물건을 찾았고, 내가 결혼 답례품으로 받아 책상 서랍에 넣어 두었던 양말을 꺼내 신고 낡은 양말을 버린 것이었다.

"헌 양말은 뒤꿈치가 없고, 라면 봉지 속에는 물에 불린 쌀알이 남아 있네."

열흘 동안 신었던 양말은 절반이 닳아 없어졌고, 라면 봉지에 쌀을 넣고 물에 불려 허기진 배를 채웠던 모양이었다. 그들은 끝내 고립되었고 양말 한 켤레, 한 끼 식사도 힘겨웠던 것이다. 그때 김 행정관이 나지막하게 말했다.

"이 사람 살았을까?"

살아 있기를 바라는 기도의 말이었다. 누군가 흐느끼기 시작했고, 우리는 치밀어 오르는 비통함에 몸을 떨었다.

그렇게 슬픈 5월을 나는 그와 함께 보냈다.

1983년 김 행정관은 수산부서로, 나는 건설부서로 보직 변경을 받았다. 그 후 함께하는 시간이 많지 않았지만, 김 행정관은 수산행정 분야는 특히 개선해야 할 일들이 많아서 노력하고 있다고 말했다.

1980년 초에는 연근해 어족 자원이 풍부하여 어장 분쟁이나 어업 민원이 많았으나, 면허 획정이 바다이기에 다툼이 많을 수밖에 없었다. 그는 개선방안으로 어장 지도 또는 바다 지도를 만들려고 하였다. 하지만 그 일은 매우 어려운 작업이었고, 이해 관계인들의 투서, 고발, 수사 의뢰, 감사 청구 등에 시달려야 했다. 약간의 비용 문제도 있어서 가정에서 모르는 부채도 있어 보였다. 그러나 끝내 그 일을 완성하여 수산행정을 선진화하는 데 크게 기여하였다.

김 행정관은 격무 중에도 하고 싶은 일이 있었다. 그것은 무주택 공직자들을 위한 아파트 건립이었다. 그가 내게 계획을 말했을 때, 너무 어려운 일이기에 몹시 망설여졌다. 그러나 이것은 매우 보람된 일이 될 것이라고 나를 설득했고, 결국 추진하기로 뜻을 모았다.

광주 · 전남 지역에서는 직장조합아파트 건립 사례가 없었다. 우리는 건축 분야에는 무외한이어서 걱정되었지만, 동료 공직자들의 주택 문제를 해결할 수 있다는 희망에 용기를 얻었다. 조합아파트 건립은 조합원 모집, 총회

개최, 건립 규모 및 사업비 등 사업계획, 부지 확보, 시공자 선정, 분양대금 대출 등 어려움이 산적해 있었다.

김 행정관이 조합장을, 내가 총무이사를, 그리고 기술분야는 양상운 이사가 맡았다.

건립 부지는 도청까지 30분 이내 거리에 위치하고, 지가가 저렴하며 주변 환경이 양호해야 했다. 이 요건에 맞는 부지를 찾기가 힘들어 고민하던 중 한국토지공사가 광주시 염주동에 대규모 택지를 조성한다는 소식을 듣고 공사 측과 접촉하였다. 공사 측은 300세대를 건립할 수 있는 최소한의 부지를 조성원가로 제공할 수 있다고 하였다. 그러나 주차장 등 부대시설과 쾌적한 녹지공간도 갖추고 싶어 더 큰 면적을 요구했으나 공사 측은 난감해했다. 김 행정관과 나는 서울에 출장하여 건설부장관을 뵙고 그 문제를 해결하기로 하였다.

건설부장관은 호탕한 군인 기질로 훌륭하게 도정을 이끌어 준 분이었기에, 도청 하위직 공직자들의 주택조합 문제에 큰 도움이 되어 줄 것으로 믿었다. 그러나 장관 부속실에서 면담 차례를 기다리는 동안, 광주에서 사립학교를 크게 운영하는 분이 장관과 면담을 마치고 나오는 것을 보고 문제 해결이 어려울 것으로 보였다. 왜냐하면 그분도 염주 지구 내에 우리가 원하는 부지에 학교 건립을 원하고 있었고, 오늘의 장관 면담도 그 내용일 것이 분명했다. 비서가 우리 면담 내용을 보고하더니 "그 일은 이미 결정된 일이다"는 장관의 의견을 전해 주었다.

너무 늦어 하룻밤 자고 귀향할 만도 한데 소득도 없이 조합비를 낭비할 수 없다고 야간열차로 돌아왔고, 남은 출장비 잔액은 조합에 반납하였다.

토지공사와 처음 약속한 부지에 건립하기로 최종 확정했으나, 이제는 공사를 맡아 줄 시공사 선정이 난제였다. 두 차례 공개입찰에 응찰자가 없었다. 공사 단가가 너무 낮고 만일 하나라도 잘못되면 많은 공직자들의 원망의 대상이 될 것이니 참여하지 않는 것이 좋겠다는 건설사들의 판단이었다. 공개 입찰이 불가능해지자 건설사를 개별 방문하여 시공을 부탁해 보았으나 모두 거절당했다.

그러나 길은 있었다. 도급 순위는 낮지만 성실한 시공사로 알려진 ○○건설이 공사를 맡아 주어 공사가 시작되었다. 건축단가는 주공아파트보다 낮췄다. 도청 공직자들의 아파트 건립은 회사 이미지를 제고시킬 수 있는 일이라고 판단했을 것이다.

우리는 매일 도청 일과가 끝나면 조합사무실에서 아파트 건립에 대한 제반 문제들을 협의하였다. 특히 건축기술 분야는 양상운 이사(현 광주광역시 양상운 설계사무소)의 해박한 건축 지식과 남다른 친화력이 큰 도움이 되었다. 모두들 참 열심히 일했다.

어느 날 내가 김 행정관에게 말했다.

"저녁도 먹지 못하고 일하는 조합 임원들에게 라면이라도 먹을 수 있게 간식비를 마련해 봅시다."

김 행정관은 미소를 지으며 답했다.

"조합원 돈이 어떤 돈인데, 한푼이라도 아껴야 해요!"

우리는 피곤함과 허기를 참아 가면서 일을 추진했고, 시공사도 우리 뜻을 이해하고 튼튼하고 살기 좋은 아파트 건립을 위해 노력해 주었다. 옆 주공아파트는 분양가 80만 원에 바닥을 쇠파이프로 했으나, 우리 아파트는 분양가 60만 원에 동파이프로 했다. 주공보다 20만 원 더 싸게 건립했다.

우리가 떠나고 몇십 년 후 도청에서 또 조합아파트를 건립했다. 어느 사모님이 말했다.

"주공과 같은 가격으로 들어갔다."

처음 아파트 지을 때 조합장과 임원들이 고생했으며 전망도 좋고 싸게 입주했다고 옛날을 회상하고 있었다.

아파트가 완공되어 도지사님을 모시고 입주식을 하던 날 김 행정관이 말했다

"여러분, 고생 참 많이 했습니다. 저는 여러분과 함께 이 일을 해낸 것이 자랑스럽습니다. 또한 어려운 공사를 훌륭하게 완공해 주신 ○○건설에 감사드립니다. 그렇지만 너무 힘든 일이었기에 자식들에게는 절대로 주택조합 일은 하지 말도록 당부하겠습니다."

그리고 나에게 말했다

"나 혼자서는 성공하지 못했을 것이오! 함께 했기에 완공할 수 있었습니다."

김 행정관은 집 없는 공직자들에게 아늑한 보금자리를 마련해 준 일을 큰 보람으로 여겼지만, 시공을 맡아 준 회사에 대하여는 감사하는 마음뿐, 아무런 도움을 주지 못한 것을 오래도록 안타까워하였다. 그는 항상 도전하고 성취하는 데 보람을 느끼는 것 같았다.

김 행정관은 도청을 떠나 나주 부시장으로 부임했다.

나주 같은 소도시는 성장 동력이 없으니, 대학이라도 유치하여 지역 발전을 견인해야 한다고 하면서 동신대학을 유치하고 건립 부지 매수 업무를 위탁받아 직접 추진하였다. 현재 유수의 대학으로 발전된 모습을 보았다면 큰 보람을 느꼈을 것이다. 나주에서 일 년 근무하고 내무부로 발령을 받아 떠나기 싫은 전남을 떠나야만 했다.

그 후 고향 영암 군수로 부임하여 영암 발전을 위한 청사진을 마련하고 지역개발을 위하여 헌신하였다. 그는 다시 전남도에서 헌신하다가 내무부 재정과장, 국장을 했다. 그리고 청와대에서 공직을 수행하고 있어 만날 기회가 적었지만, 서울 출장 때는 식사하면서 시골 소식을 전해 주고 중앙 소식을 듣곤 하였다.

끊임없는 격무에 지친 표정일 때도 고향 이야기에는 그의 눈빛이 빛났다. 밤늦도록 일하는 직원들의 저녁 식사를 걱정하는 그를 보고, 남아 있던 여비를 그의 손에 건네기도 하였다.

그렇게 여러 해가 지나 뒤늦게 비보를 접했다. 내 자신도 어려운 일이 있기는 하였지만 그의 부음은 충격이었다.

공직을 훌륭하게 마치고 풍부한 행정 경륜과 열정으로 국가와 민족을 위하여 더 많은 일을 해야 할 그가 유명을 달리하다니….

큰 용이 되고 싶어 했던 그였다. 그 꿈을 다 이루었을까?

사랑하는 부인과 애들 셋을 두고 어떻게 눈을 감았을까?

가끔 꿈에서 그를 만난다. 준수한 얼굴, 잔잔한 미소, 36년 전 모습 그대로다.

그를 꿈에서 만나는 날이면 그의 영혼과 가족들을 위하여 하느님께 기도한다.